田中啓文

力士探偵シャーロック山

実業之日本社

実業之日本社文庫

目次

第一話

薄毛連盟

同期の大弾円《だいだんえん》が、幕下二段目の因業《いんごう》に突き飛ばされ、車に轢《ひ》かれた蛙《かえる》のように土俵に這《は》った。

「馬鹿野郎！　なに、ちんたらやってんだ！　おめえみてえな稽古《けいこ》じゃ、百年経《た》ってもふんどし担ぎだよ！」

銅煎《どういる》親方の怒声が飛ぶ。親方は、新聞紙を丸めてガムテープでとめた「棒」を持っている。以前は竹刀《しない》だったのだが、相撲《すもう》部屋でのしごきが問題化したので、こどものおもちゃのプラスチックのバットにした。しかし、それでも痛いと文句が出たので、新聞紙に替えたのだ。これで叩《たた》いても、ポソッという音がするだけだし、叩かれたほうも気が付かないことが多い。

「おめえは身体《からだ》が小せえんだから、一にも稽古、二にも稽古だ。ひとの三倍稽古してちょうどいいぐれえだ。わかってんのか！」

「はいっ、すいません！」

「よし、その意気だ。もたもたすんなよ、早く立たねえか。――こらあ、赤銅《あかどう》丸《まる》！　さぼるんじゃねえ。てめえはスクワット百回だ！」

三代続いた生粋の江戸っ子である銅煎親方の口調はべらんめえだ。「し」と「ひ」の区別がつかないので、「百回」を「しゃっかい」と発音するから、弟子たちは混乱する。現役時代の四股名《しこな》は虎南《こなん》。押し相撲を得意とし、自己最高位は関脇で、優勝経験もある。いまだに身体を鍛えているので、体格も昔と変わらない。荒法師《あらほうし》という力士との取組のときに、額に怪我《けが》をした。荒法師は「張り手ポッター」とあだ名されるほどの張り手の名手だったが、その一発で額が割れたのだ。それが今も三日月型の傷として残っているため、「三日月の親方」という異名もあって、見かけはなかなか強面《こわもて》だが、（弟子である私が言うのもなんだが）じつは押しに弱いところもある好人物である（押し相撲なのに）。

「よーし、大弾円、上がれ。つぎは……」

銅煎親方が一同を見渡し、私に目をとめた。

（来た……）

先輩である因業の胸を借りるべく、まわしを叩いて気合を入れた私に、親方は言った。

「おい、輪斗山《わとさん》」

「はいっ」

「斜麓山《しゃろくやま》はどうした」

拍子抜けした私に、親方は言った。

「もう九時だぞ。とっとと起こしてこい」

相撲部屋の朝は早い。私のような下っ端は五時には起きて土俵の掃除など稽古の準備をし、六時には稽古を開始する。関取になるともう少しゆっくりだが、それでも七時には起きて洗面などをすませ、まわしをつけて稽古場に降りる。我々若いものの稽古を見たあと、八時半か九時頃には自分たちの稽古を始めるのだ。

「起こしたんですが、今日は休むと……」

「なに？　体調が悪いのか」

「いえ、その……」

言いよどむ私に、上がり座敷から立ち上がった親方は、

「昨日、飲みすぎたか。そういうときは稽古だ、稽古。稽古すりゃ二日酔いなんぞ吹っ飛んじまう」

「そうじゃないんです。えーと……」

「またさぼりか。てえげえにしやがれってんだ。あいつの稽古嫌いにゃ呆《あき》れたもんだ」

「さぼりというわけじゃないんです。本当に体調が悪くて寝ておられるみたいで……」

「たしかめたのか？」

「いや、メールが来ました」

「馬鹿野郎！　どうせ嘘《うそ》っぱちに決まってらあな。ほかのもんに示しがつかねえ。かまわねえから布団引《ひ》っ剝《ぺ》がして起こしてこい。嫌だなんぞと抜かしやがったら、綱つけて引っ張ってこい。わかったな！」

「は、はい」

小結の斜麓山は、銅煎部屋唯一の三役力士であり、普段は親方もあまり強くは言わない。だが、今日はさすがに溜《た》まりに溜まった怒りが爆発したようだ。

「もし、あいつが降りてこなかったら、輪斗、てめえ、今日はちゃんこ抜きだぞ」

私は、斜麓山の付け人だ。だから、どうしても私への当たりがきつくなる。普通、小結ともなると、三、四人の付け人が付いてもおかしくないのだが、斜麓山の付け人は私ひとりである。これは斜麓山自身がそう望んだことなので、私には文句は言えない。

私は二階に上がり、斜麓山の部屋をノックした。我々は大部屋で雑魚寝《ざこね》だが、十両になると自分の部屋がもらえ、付け人も付き、部屋の雑用をしないですむようになる。なによりも大部屋は皆のいびきがうるさくて、眠れないのがいちばん困る。あのいびきの大騒音から解放されるためだけでも、早く十両になりたい、と切に思うのだ。

「斜麓関、斜麓関」

声をかけたが返事はない。

「斜麓関、入りますよ」

力士の部屋といっても、若い男性の私室だから、たいてい様子は決まっている。テレビがあり、CDプレーヤーがあり、ゲーム機があり、壁にはアイドルのポスターが貼《は》られている……そんなところだろう。しかし、斜麓山の部屋は違うのだ……。

「うわあっ！」

扉をこわごわ開けて、なかに一歩入った途端、なにかが左右から崩れてきた。本だ。おびただしい数の本が部屋中、天井付近まで積み重ねてあって、床が見えないほどになっているのだ。私は慣れているので、よく注意をして踏み込んだつもりだったのだが、肘《ひじ》かどこかがそのひとつにぶつかったらしい。私は本の雪崩《なだれ》のなかから這い出し、部屋を眺めた。もともと壁一面が本棚になっていて、そこにぎっしりと本が並べられているのだが、そのまえに何重にも本が床から積まれているため、「部屋」というより「書庫」という感じだ。ほとんどはミステリ小説だが、警察捜査や探偵術、犯罪者心理などに関するものも多い。本と本のあいだには、吸いもしないのにパイプが転がっていたり、弾《ひ》けもしないのに安物のヴァイオリンが置いてあったりする。以前は、化学の実験セットもあったのだが、場所を取るので処分したらしい。

「斜麓関……どこです？」

「ああ、輪斗山か」

小結が付け人に対してなのだから、本名を呼ぶか「輪斗」と呼び捨てにすればいいのに、斜麓山はかならず私の名前に「山」を付ける。

「どうしたんだ、きみらしくもないあわてぶりだな。この部屋の状況はきみがいちばんよく知っているはずだ」

「ついうっかりしたんです」

斜麓山はパジャマを着たまま、ベッドに横になり、小説を読んでいた。目が真っ赤だ。一晩中読書していたにちがいない。

「それと、ぼくとふたりきりのときは、斜麓と呼び捨てにして、言葉づかいもぞんざいにするように、と言ってあるだろう」

これがつらい。斜麓山は私に、斜麓と呼ぶよう強要する。本当は「ホームズ」と呼んでほしいらしいが、それは私が断った。斜麓山を斜麓と呼ぶのは百歩譲ってありだとしても、ホームズと呼ぶのは筋が通らない。しかし、いずれにしても天下の小結をふんどし担ぎの私が呼び捨てにするのは精神的にきつすぎる。うっかりほかのひとに聞かれたら袋叩きに遭うこと必定《ひつじょう》だ。でも、斜麓山は許してくれないのである。

「すまん、斜麓。切り替えがうまくいかなくてね」

「悪いが、ひとりにしてくれないか。この本が佳境でね。だれにも邪魔されたくないんだ。あと少しで、日本中の動物園でシマウマばかりを盗む怪事件の犯人と動機がわかるところなんだ」

斜麓山が手にしている本の背表紙には「シマウマ館の謎／田中啓文著」と書かれていた。

「シマウマどころじゃないぞ、斜麓。親方がお怒りだ」

「だろうな。このところ朝稽古をさぼってばかりだからな」

「わかっているなら降りてきてくれたまえ。親方、頭から湯気を出していたぞ」

「ほかのもんに示しがつかねえ。かまわねえから布団引っ剝がして起こしてこい。嫌だなんぞと抜かしやがったら、綱つけて引っ張ってこい……そう言っていただろう」

私は感心して、

「よくわかるな。そのとおりだ」

「初歩だよ、輪斗山。親方の性格や普段の言動から推理すればすぐにわかる……と言いたいが、親方の声が大きすぎて丸聞こえだったのさ」

「なんだ、そうだったのか。でも、聞こえてたのなら稽古に出てきてくれ。ちゃんこ抜きはごめんだよ」

ちゃんこというのは、いわゆるちゃんこ鍋のことではない。相撲部屋では、鍋も含めて食事のことはすべてちゃんこと呼ぶ。だから、カレーライスもラーメンもとんかつもちゃんこなのだ。ちゃんこ抜きというのは食事抜きということだから、育ち盛りの若者（私のことです）にはきつい。

「たまにはいいだろう。食っちゃ寝食っちゃ寝では頭に血が回らない。空腹のほうが頭脳が冴《さ》えわたるというものさ。これからの相撲取りに必要なのは、体力や技より知能だ。相手がその日どういう取組をしようとするかを推理すれば、たいていの相撲は勝てる」

これは本当のことだった。斜麓山のすごいところは、まるでテレパシーで対戦相手の心を読んでいるがごとく、向こうの出方を察知して、その一歩うえを行く作戦で応じる。だから、相手はなにもできないまま負けてしまうのだ。

一度など、相手の力士が猫だまし（顔のまえでパン！　と両手を叩き合わせ、驚いているすきに技を仕掛ける奇襲戦法）をやろうとしているのを見透かして、同時に自分も猫だましをしたことがある。土俵上で力士同士が顔のまえで手を叩いているので、ふたりで拝み合っているような妙な光景になった。赤梟《あかふくろう》というその力士は、自分がやろうとしていた猫だましを斜麓山がやったので呆然《ぼうぜん》としているうちに押し出されてしまった。

そういうときに、

「赤梟関はこれまで猫だましなんかしたことないじゃないか。どうしてわかったんだ」

ときいても、

「ふふふ……初歩だよ、輪斗山くん」

と自慢げに言うばかりなのだが、猫だましのときは私があまりにしつこかったからか、種明かしをしてくれた。赤梟が前日、よその部屋の先輩力士である三味《しゃみ》ケ海《がうみ》と飲みに行ったという話を、斜麓山はたまたま耳にした。三味ケ海は猫だましを得意としていて、横綱から金星を奪ったこともある。それで、

（三味ケ海関からけしかけられて、仕掛けてくる可能性はある……）

と心の準備ができていた、というのだ。

一時は、あまりに斜麓山が相手の手のうちを読むので、「星を買っている」という噂《うわさ》が立ったこともある。しかし、八百長《やおちょう》をするなら、事前に相手に金を渡して、取り口を聞き出している、というわけだ。しかし、八百長をするなら、そうとわかるような立ち合いをするわけはないし、曲がったことが大嫌いな斜麓山の性格が皆に知られるようになったこともあり、そういう噂は立ち消えとなった。まあ、曲がったことは嫌いだが、稽古はさぼる。それは「曲がったこと」と思っていないのだからしかたがない。

「とにかく降りてきてくれ。後生《ごしょう》だ」

「どうして稽古なんかしなくちゃならないんだ。勝てればそれでいいだろう。ぼくが納得するような理由をきみが挙げられたなら、稽古してもいい」

無理難題である。そんなことわかるわけがない。

「えーと……えーと……それは、斜麓が相撲取りだからだよ。相撲取りという仕事に、稽古はつきものだろう」

「輪斗山、ぼくは自分のことを相撲取りとは思っていないんだ」

「え？　じゃあ、なんだと思っているんだ」

「もちろん探偵だよ。入念な捜査によって対戦相手の性格、癖、体調、最近の行動……などを把握し、過去の相手の取り口に関する膨大なデータなどと照らし合わせて分析し、その日の取り口を推理するんだ」

「はあ……」

「というわけで、ぼくにとっては稽古よりも本の続きのほうが大事なのだ。この辺で失礼して、シマウマに戻らせていただく」

「そうはいかないよ。きみが稽古に出てこないと、我々下のものは胸を貸してもらえず、強くなれない。それに、きみも知ってのとおり、ただでさえ親方は血圧が高いんだ。斜麓が稽古に出てくれないと、また、ぶっ倒れるかもしれないぞ」

「うーむ……そうだな」

斜麓山は少し考えて、

「親方の健康も大事だからな。——降りるか」

「ありがとう！　助かったよ」

私は頭を下げながら、どうして礼を言わなきゃならないのだ、と思っていた。相撲取りが朝稽古に参加するのは当たり前ではないか。

「ほかならぬ輪斗山の頼みだからな」

斜麓山は恩着せがましくそう言うと、ベッドから立ち上がり、読みかけの本にちらと惜しそうな視線を送った。

「ま、いいだろう。この作品もだいたい種はわかってしまった。犯人はペンキ屋だ。シマウマの縞《しま》をペンキで消して、ロバに見せかけ、警察の目をかいくぐったのだ。動機はたぶん、二十四時間営業のコンビニの経営者だった父親が、人手不足のせいで寝る時間がなく、『少しでもいいから（店を）仕舞う間が欲しい』と毎日言い続けて過労死したのがトラウマになり、いつしか『シマウマが欲しい』といういびつな欲望を募らせるようになったのだろう」

そんなくだらない小説がこの世にあるとは、私には信じられなかった。

「でも……そう見せかけて、そのあとどんでん返しがあるとか……」

「ないね。この作者ならその程度だろう」

そう言うと斜麓山は部屋から出ていった。私はあわててあとを追ったが、そのときにまたしても本の山をひとつ崩してしまった。

◇

「おはよーす」

斜麓山が稽古場に姿を見せると、銅煎親方が怒鳴った。

「なにがおはようだ！　今日は日曜だったか？」

銅煎部屋は週のうち日曜日だけが休みである。

「親方もぼけはじめましたか。今日は土曜日ですよ」

「わかってらい！　何時だと思ってやがる！」

「汝《なんじ》の最大の敵、それは汝なり」

「――はあ？」

「なんでもありません。あまり怒ると血圧が上がりますよ」

「なにもかもてめえのせいじゃねえか！」

銅煎親方は持っていた新聞紙の筒で床を叩いたが、パサッという情けない音がしただけだった。

「ま、いい。とにかく稽古をしな」

「はいはい」

「はいは一回だ！」

そう言いながらも、親方は斜麓山が現れたのでホッとした様子だった。すでに稽古は関取衆の順番になっていた。斜麓山はゆっくりと四股を踏みはじめた。ほかの関取は激しいぶつかり稽古をしており、幕下の力士は土俵を囲んで、立ったままそれを見学している。ひとの稽古を見ることも「見取り稽古」といって大事なのだ。しかし、ぶつかり稽古を繰り返している関取たちをよそに、斜麓山はいつまでたっても四股をひたすら踏み続けている。いつものことだが、親方も今朝はさすがにイライラしたようだ。

「おい、斜麓、いつまで四股ってるんだ。足の裏が擦り切れちまうぜ」

相撲部屋では親方は絶対的存在である。言い返すことなどありえない、普通は。

「お言葉ですが親方、四股はすべての基本です」

土俵上での本格的な稽古に入るまえに、四股を踏んだり、鉄砲柱を相手に張り手をしたり、すり足で土俵の周囲を回ったりすることで身体を温め、怪我を防ぐ。それらは下半身を鍛えたり、足の運びを学んだり……と、身体の基礎をこしらえる効果もある。

「そんなこたあわかってる。理屈こねてねえで、そろそろ土俵に上がれ」

銅煎親方は、付け人にタオルで身体を拭《ふ》かせていた蕎麦ケ岳《そばがたけ》に向かって顎《あご》をしゃくった。

「蕎麦、おめえ、斜麓とガチで取ってみろ」

現在東前頭筆頭である蕎麦ケ岳は、小結の斜麓山とほぼ互角に戦える関取である。百七十キロの巨体を揺すり、蕎麦ケ岳は土俵に上がった。

稽古には、勝者が勝ち残り、つぎの力士が挙手してつぎつぎ相撲を取っていく「申し合い」、攻め手と受け手にわかれて、受け手の力士に向かって攻め手の力士が思い切りぶつかる「ぶつかり稽古」、そして、実力がほぼ等しい力士同士で何番も勝負を行う「三番稽古」（三番といっても実際は延々と行われる）……などがある。しかし、どれもあくまで稽古であって、本場所での取組のように全力でぶつかり合うわけではない。

斜麓山は露骨に嫌そうな顔をしたが、蕎麦ケ岳はやる気満々のようだ。蕎麦ケ岳は斜麓山よりも先輩で、学生横綱だった。鳴り物入りで銅煎部屋に入ったが、後輩であり年下でもあり、なおかつ入門まで相撲経験のまったくなかった斜麓山にあっさり抜かれてしまった。それを不愉快に感じているだろうことは皆もわかっていた。酔うとかならず斜麓山のことを悪《あ》しざまに言うし、ツイッターに匿名で斜麓山の悪口（稽古をさぼるとか、先輩に対する礼儀がなっていないとか）を書き込んでいるのも蕎麦ケ岳ではないか、という噂もある。私は斜麓山の付け人なので内心面白くはないが、もちろん関取に対して文句を言うわけにはいかない。

蕎麦ケ岳のそういう感情を知っている斜麓山は、稽古場でも蕎麦ケ岳とはなるべく組まないようにしていた。もちろん銅煎親方はそれを承知で「取ってみろ」と言ったのだ。

「稽古しないようなやつに負けるはずがない」

蕎麦ケ岳がそうつぶやいたのが、私には聞こえた。ガチンコの勝負だ。稽古場がぴりぴりした空気に変わった。両力士は蹲踞《そんきょ》の姿勢で向き合った。斜麓山は百九十二センチの長身で百十キロとかなり軽量である。あんこ型の蕎麦ケ岳と比べると、ひょろっとしていかにも軽そうに見える。

土俵に軽く手を突き、ふたりが組み合った……と思った瞬間、すでに勝敗はついていた。蕎麦ケ岳の巨体は土俵上に転がっていた。なにがどうなったのか、私にもわからなかった。

「こらあ、蕎麦！　てめえ、真面目《まじめ》にやらねえか！」

銅煎の罵声《ばせい》が飛んだ。蕎麦ケ岳は顔を真っ赤にして起き上がった。こんなはずじゃない……という表情で、

「もう一番」

両力士はふたたびぶつかり合った。蕎麦ケ岳が勢い込んで差しにきたとき、斜麓山の右手がしゅっと動いた。そして、蕎麦ケ岳は魔法のように半回転して土俵に這った。

「くそっ！」

蕎麦ケ岳は土俵を拳《こぶし》で殴ると、

「もう一番」

斜麓山はかぶりを振り、

「何度やっても同じだ」

蕎麦ケ岳は無言で蹲踞した。

「蕎麦！　本気で取れ！」

親方の一言に蕎麦ケ岳もムッとしたような顔で、

「本気で……取ってます」

稽古場の凍ったような空気は頂点に達した。私は今朝、見学者がいなくてほっとしていた。朝稽古は、後援会や一般の相撲ファンが見学することが多いのだが、今日はだれもいない。

「それが本気なら、本気のうえを見せてみろ」

「わかりました」

土俵に手を突こうとする蕎麦ケ岳に、

「蕎麦関、もうやめましょう。結果はわかっています」

「ほう、たいへんな自信ですね。斜麓関は、俺には百回やったら百回勝てるとでも？」

「そうは言いませんが、今のような立ち合いを続けるなら百回でも勝てるでしょう」

「なに？」

「蕎麦関は、すぐに差しにきますよね。ぼくはそれに反応して……」

　銅煎親方が、

「てめえら、能書き並べてねえで相撲を取りやがれ」

　親方の額の三日月型がきらりと光った……ように見えた。怒っている証拠だ。

ちらりとそちらを見た斜麓山に、蕎麦ケ岳がいきなり突進した。しかし、斜麓山の言葉どおりになった。斜麓山は顔を親方に向けたまま腕を動かした。蕎麦ケ岳は土俵の外に吹っ飛ばされ、力水《ちからみず》の桶《おけ》にぶつかって、

「きゅう」

　と言って倒れた。巨漢力士は攻撃のパワーも凄《すご》いが、負けたときのダメージもまた大きいのだ。

（そうか……）

　鈍い私にもようやく斜麓山の取り口がわかった。蕎麦ケ岳が差しにきた瞬間、斜麓山は右腕一本を差して腕《かいな》を返し、そのまま投げを打っているのだ。いわゆるすくい投げだが、それがあまりに素早いのでそう見えないだけだ。蕎麦ケ岳にも自分がどうして投げられているのかわかっていないぐらいのスピードなのだ。すくい投げには上半身が柔軟かつ十分な筋力が必要だが、斜麓山にはそれが備わっ

ている。差し手を返すことで相手を崩し、すかさず上体を大きく回すことですくい投げが破壊力抜群のものとなる。

　銅煎親方は舌打ちをし、

「なにボーッと見てんだ。介抱してやれ」

　蕎麦ケ岳の付け人が急いで駆け寄り、頭から水をかけた。斜麓山は一礼して土俵を降り、なにごともなかったかのようにふたたび四股を踏みはじめた。蕎麦ケ岳は付け人数人に支えられながら自室に戻っていった。

　そうなのだ。斜麓山は強い。強いというか、相撲勘がとにかく抜群なのである。稽古嫌いなのに三役にまで上りつめているというのは、とにかくこの天才的な「相撲勘」、つまりセンスのせいだと私は考えていた。

「土俵に上がって稽古をしなくても、四股や鉄砲、ランニングなどで身体を鍛えるだけでいい。普通の力士は手や足や胸や腹で相撲を取るけど、ぼくはここで相撲を取るのさ」

　斜麓山はそう言って指で自分の頭を指差すことがしばしばあった。

「それなら斜麓より頭のいい力士がいたら、そのひとには勝てないことになるね」

「そういうことだ。でも、そんな相撲取りにはこれまでお目にかかったことがないね」

そんなことを言うのは私とふたりきりのときに限られていた。相撲の世界は伝統を重んじる、悪く言えば旧弊な考え方が支配的である。稽古をしなくてもいい、などという発言がマスコミや相撲協会に聞かれたら、たちまち吊《つる》し上げられてしまうだろう。

「輪斗山、ぼくはね、相撲の天才なんだ。天才は稽古をしなくてもいい。だが、そうでない力士たちはぼくの真似《まね》をしてはいけない。凡人たちはただただ稽古に励むしかないのだ」

「きみには謙遜《けんそん》という言葉はないのか」

「ははははは……ただ自分に対して正しい認識を持っているだけだ。自慢も謙遜もしていない」

斜麓山の本名は、眉鍔付《まゆつばつける》。出身は神戸《こうべ》だが、入門時、本人は親方に、

「ロンドンということになりませんか」

と言ったそうだ。なるわけがない。

以下は、斜麓山本人が話してくれたことや、ほかの力士、呼び出し、行司など

から聞いたことをつなぎあわせた、私なりの斜麓山のプロフィールである。

◇

小学校のときにシャーロック・ホームズを読んで衝撃を受けて以来、ミステリにはまった。アガサ・クリスティ、エラリー・クイーン、ディクスン・カー……と古典を順番に読みこなし、今でも月に二十冊は読む、というマニアである。日本のもの、翻訳もの問わずミステリと名がつけばなんでも読むが、本格（謎解き小説）がいちばん好きらしい。

中学、高校とミステリ研に所属していたが、大学では一転してスポーツを始めた。それも、フェンシングとボクシング、それにバリツという格闘技を同時に習得したのだ。理由は、

「ホームズが習得していたから」

だそうだ。おまけに化学の実験やヴァイオリンも、同じく「ホームズが習得していたから」ということで始めてみたものの、身につかず断念した。

「あのときは、ホームズが手を染めているものならなんでもやってみようと思っ

ていたからね。煙草《たばこ》も吸っていたし、モルヒネやコカインもやってみたかったが、手に入らなかった。拳銃も撃ちたかったんだけど、日本じゃ無理だからモデルガンを購入したよ」

そのモデルガンはホームズも愛用していたのでは、と言われている回転式拳銃だった。気に入って、入門してからも大部屋でしばしば取り出し、磨いたり、ほかの力士を撃つ真似をしたりしていたが、親方から、

「そんなもん持ってるのを見つかったら、どんな誤解をされるかわかんねえだろう!」

と大目玉を食らい、処分したそうだ。

そんな風にミステリ漬けの学生生活を送っていた斜麓山だったが、素質があったらしく、バリツの腕がみるみる上がり、三年生のときには全日本バリツ大会で優勝した。その大会は、「全日本実業団相撲選手権大会」の隣の会場で行われており、そちらを訪れていた銅煎親方が斜麓山の試合の様子をたまたま観《み》て、すっかり斜麓山に惚《ほ》れ込んでしまった。

「おめえさんのバリツでの戦い方を観てたら、ぜってえに相撲も強《つえ》えと思う。上背もあるし、がたいもいい。頼むからうちの部屋に来てくれ。間違《まちげ》えなく大関の

器だ。わしがみっちり鍛えてやる」

　バリツはイギリスで生まれた古い格闘技で相撲との共通点もある。相撲の原型ではないか、という説もあるぐらいだ。しかし、斜麓山は即座に断った。

「申し訳ありませんが、相撲にはまったく興味ありません。というか、相撲のことをなにも知らないのです。それに、ぼくには、就かねばならない職業があります」

「そいつはなんだね」

「名探偵です」

「——は？」

「ぼくが探偵にならなかったら、この世の不可能犯罪はだれが解決するのです」

「知らねえよ。大関になるほうがずっといいと思うがねえ」

「相撲のことはよくわかりませんが、大関は何十人もいるのでしょう？」

「い、いや……今三人だが……」

「それでも、複数存在します。でも、『パタリガ荘殺人事件』の真相を暴けるのはぼくひとりしかいないのです」

「な、なんだ、そのパタ……なんとかてえのは」

「ぼくが将来手がけるであろう架空の事件です。とにかく入門はお断りします。ぼくは未読のミステリを読まなければならないので、これにて失敬」

しかし、そういう状況を覆すようなできごとが起こった。料理店を経営していた斜麓山の父親が事故で急死したのだ。店を人手に渡し、家も売ったがそれでもまだ多額の借金が残った。大学を辞め、働くことを決意した斜麓山だが、借金を返済できるような働き口はなかった。途方に暮れる斜麓山に、銅煎親方が救いの手を差し伸べたのだ。

「わしが借金は肩代わりしてやるから、うちの部屋に来てくれ。悪いようにはしねえ」

借金は出世払いでいい、と言う。感激した斜麓山に否やはなかった。翌日、彼は身の回りのものを持って銅煎部屋に向かった。

「相撲の師匠と弟子の関係は、親子も同然だ。わしのことを親だと思え」

「わかりました、お父さん」

「いや、呼び方は親方でいいんだ」

「では、親方、ぼくは相撲のことをまったく知りません。それでもよろしいですか」

「ああ、入ってくるまでに変に知識があるより、入門してから一から覚えたほうが身につくってえもんだ。かまやしねえよ」

「ではおききしますが、このあたりに書いてある『さがみ』というのはなんのことですか」

「さがみ？」

銅煎親方はきょとんとしたが、

「馬鹿野郎！　そいつは相模じゃねえ、相撲《あいなぐ》るって書いて『すもう』と読むんだ」

「あ、そうなんですか。——とまあ、これぐらい相撲のことを知らないんです」

「いい、いい。じっくり覚えりゃいい。——まず、おめえは前相撲からスタートすることになる」

「つぎが横綱ですか」

「早すぎる。つぎは序ノ口だ。そうなってはじめて番付に名前が載る。その後、序二段、三段目、幕下（二段目）……と地位が上がっていき、ここまでを『力士養成員』と呼ぶ。まあ、力士になるまえってことだな」

「ははあ、暴力団でいう『準構成員』みたいなものですね」

「嫌な例えをするねえ」

「で、そのつぎが横綱……」

「まだまだだ。そのつぎは十両。十両になると、関取と呼ばれるようになって、個室をもらえるし、付け人も付く。相撲協会から給料も出るし、結婚も許される。大銀杏《おおいちょう》を結えるし、化粧まわしで土俵入りもできる。力士として一人前とみなされるてえわけだ」

「えっ、そうなんですか！　じゃあ、ぼくは十両を目指します！　一刻も早く十両になって、個室をもらって、ミステリを読みます！」

「あのな、おめえにゃあもっとうえを目指してほしいんだよ。十両からうえは幕内だ。まずは前頭。平幕とも言う。そこからうえが三役で、まずは小結、関脇、大関、そして、おめえがさっきから言ってた横綱ってことになる。相撲取りになるならてっぺんを……横綱を目指せ。いいな」

「そんなのどうでもいいです。ぼくは個室を……十両を目指します。そのうえには行かないでもいいです。そうか、横綱にならないと個室はくれないのかと思ってました。ぼくは宣言します。一週間で十両になります」

「なれるか、馬鹿！　どんなスピード出世でも一年かかるんだよ」

「わかりました。個室でミステリ読むことを目指してがんばります」

「なんだか動機が不純なような気もするが、がんばるならそれでいい。しっかりやってくれ。ところで、おめえの四股名だが……」

「シコナ？　なんです、それは」

「相撲取りとしての名前だよ」

「ああ、ペンネーム」

「ペンネーム……じゃねえ。まあ、芸名だな」

「だったら、シャーロック山にしてください」

「しゃ、シャーロック山？　そんな四股名があるか！」

「じゃあ、ロックは岩のことだから、斜め岩にしてください」

「斜め岩？　そんな弱そうな名前はダメだ。転がり落ちそうじゃねえか。番付から落ちるようなのは話にならねえ」

「ぼくは、大負け海でも弱々川でも気にしませんけどね」

「馬鹿野郎！　相撲取りってのは、ゲンを担ぐもんなんだ。毎日同じ浴衣《ゆかた》を着て、洗わねえとか、場所入りするときに石につまずいたあと勝ったら、つぎの日からずっとわざと石につまずくとか……」

「まったく非科学的ですね。勝負事もスポーツも、実証的・論理的・体系的に考えるべきです」

「おめえ、なに言ってんだ？」

「わかりました。では、斜麓山でお願いします」

「斜麓山？　さっきのと似てるな」

「関係ありません。これはぼくの出身地である神戸にある有名な山の名前です。ぼくは毎日、朝な夕なに雄大なこの山を見て育ちました。ぜひ、その名にあやかりたいと思います」

　もちろんそんな山は存在しないが、親方はだまされてしまった。

「よし、わかった。おめえは今日から斜麓山だ」

　ちなみに、私の四股名である「輪斗山」も、斜麓山がつけたらしい。親方に、「今度来たあの新弟子の名前は輪斗山にしましょうよ。そして、ぼくの付け人にしてください」

　あとで理由を聞いたのだが、

「口髭《くちひげ》が似合いそうな顔だったから」

とのことだった。なんだ、それは！

こうして銅煎部屋に入門した斜麓山は、新弟子検査にも合格し、前相撲からスタートした。自由時間なら本を読んでもかまわない、とのことだったが、一日も早く十両に上がって個室をゲットしたかった斜麓山は、読書を封印して黙々と稽古に励んだ。そして、銅煎親方が見抜いた資質が開花した。相撲のことをまるで知らなかったのが嘘のようにみるみる強くなった。初土俵以来七戦七勝を繰り返し、翌場所には序二段、翌々場所には三段目、翌々々場所には幕下になっていた。幕下ともなると、学生相撲出身者も多くなるし、上位から陥落してきた幕内経験者も増える。そんななかで斜麓山は苦しみながらもうえを目指し、三年目にして十両になった。「全国学生相撲選手権大会」で優勝して幕下付け出しから銅煎部屋に入り、将来を嘱望されていた先輩の蕎麦ケ岳をもあっさり抜いて、念願だった個室を手に入れたのだ。

力士たちが皆夢見る「関取」という地位を得、それを踏み台にしてさらに上位を狙うのか……と思いきや、そうではなかった。生来の怠け癖が出たのだ。もともと相撲に関心のなかった斜麓山は、個室をゲットすると、しばらく封印していた空白を取り戻すかのような勢いでミステリを読破しはじめた。部屋はたちまち書庫と化し、足の踏み場もなくなったが、それでも本は日に日に増え続けた。なにしろ給金のほとんどを本代に費やしてしまうのだ。部屋にいるかぎり、一日二食のちゃんこはタダで食べられるし、寝る場所もある。斜麓山は稽古をさぼるようになり、親方の怒りも日々増大していった。

「そんなこっちゃ幕下に落ちるぞ。そうなったら部屋も取り上げる。大部屋に逆戻りになっちまうぞ！」

しかし、そうはならなかった。斜麓山には天性の相撲センスがあったのだ。必要最小限の稽古をするだけで、あとはそのセンスと推理力によって彼は陥落どころかひょいひょいと上位に上がり、今では小結という、皆があこがれる三役の地位を手にしていた。

「てめえ、欲ってものはねえのか！」

銅煎親方はよく斜麓山を怒鳴りつけている。その怒声には、頼むから稽古をしてくれ、という懇願の気持ちも混じっているようだ。

「欲？　ありますよ。じつはですね……」

「ふむふむ」

「ミステリ小説なんか、結局はいくら読んでもただのこしらえごとにすぎません」

「そうだそうだ。やっと気が付きやがったか。――それで？」

「現実の不可能犯罪に出くわして、それを見事に解決！　というのを一度やってみたいんです。容疑者をひと部屋に集めて、犯人はあなただ、と指摘するんです。気持ちいいだろうなあ……」

親方は座っていた座敷から転げ落ちた。

「て、てめえっていうやつは……もっと相撲のことに集中しろ！　今がいちばん大事な時期なんだ」

「そうなんです。若いうちに探偵としての経験を積んだほうがいいと思うんです」

「そりゃそうだな……って、ちがう！」

銅煎親方はため息をつき、

「おめえは生まれついての素質がある。相撲取りにとって、そいつは宝物なんだ。どうしたらおめえに相撲を好きになってもらえるのかな……」

「親方、ぼくは相撲が嫌いなのではありません。ただ……関心がないだけなんです」

「相撲に関心のねえ相撲取りか。洒落《しゃれ》にもなりゃしねえ」

「すみません。ぼくは相撲を職業と考えています。職業というのは人間にとって大事です。でも、ひとは職業のみにて生きるにあらず。ほとんどの会社員や自営業のかたは仕事は仕事、趣味は趣味と割り切って人生を送っていると思います。やりたいことと仕事が合致しているひとは少ないはずです」

「そ、そりゃあそうなんだが……」

斜麓山に言い負かされそうになり、親方はもごもごと、

「仕事は仕事、趣味は趣味ってえのは、どうもその……相撲取りにはあてはまらねえような気が……」

「相撲取りだけを特別扱いして考えるのはおかしいのです。相撲取りは全員相撲が大好きでなければならない、ということはありません」

「うーん……まあ……うーん……そうだな……」

親方はとうとう斜麓山に寄り切られてしまった。あとで親方はほかの力士に、

「あんまり言うと、あいつがマジで相撲を嫌になるんじゃねえかと思ってな。今はただ、あいつがタコになって、相撲なんてちょろいもんだと思っちまうことだけが心配だ」

だが、斜麓山はタコ（思い上がってまわりの意見に耳を貸さなくなること）に

はならなかった。それどころか、稽古や巡業、本場所での立ち振る舞いは謙虚そのもので、あとは自室で静かに本を読むだけだった。番付が上がってそれなりに人気が出ても、マスコミやほかの力士との付き合いも薄く、

「あいつはひと嫌いだな」

「変わりものだよ」

「相撲取りならもうちょっとファンを大切にしないとね」

そんな声も聞こえたが、斜麓山はまるで気にせず、おのれのやり方を貫いたのだ。今では、すっかり「そういうキャラ」として認知されている。つまり「変人力士」である。しかし、本人は自分のことを変人とは思っていないようだ。

◇

「もう、いい。今日の稽古はここまでだ」

苦虫を噛《か》み潰《つぶ》したような顔で銅煎親方は言った。蕎麦ケ岳が軽い脳震盪《のうしんとう》を起こしたせいで、稽古の終盤がぐだぐだになってしまったからだ。若い衆は先輩力士の身体を拭いたり、水を飲ませたり、土を払ったりと忙しい。風呂も沸いていて、

番付上位のものから順番に入る。この部屋ではつまり斜麓山から、ということだ。なので、付け人の私も風呂場に行く。斜麓山の風呂はカラスの行水なので付け人は楽だ。さっと汗を流したら終わりである。息をとめて背中をごしごし力を込めて擦《こす》る……なんてこともない。

風呂から上がると浴衣に着替えて食堂に入る。今日のちゃんこはカニと寒ブリの鍋だ。豆腐に薄揚げ、野菜も白菜、大根、ニンジン、ゴボウ、ジャガイモなどたっぷり入っている。もちろんそれだけでは足りない。別皿に山盛りのハンバーグとトンカツ、それに大量のサラダもある。なぜかサンドイッチとローストビーフもある。まずは親方と関取衆から食卓に着く。我々は給仕にまわる。ようやくつらい稽古から解放された関取たちはリラックスしているが、付け人は一瞬たりとも気が抜けない。椀《わん》が空になりかけていたらすぐにお代わりを入れ、ご飯を茶碗《ちゃわん》によそう。水や茶にもつねに気を配る。力士は、食事のときに水をがばがばと大量に飲む。ビールや酒を飲むひともいる。とにかく食欲を増して、たくさん食べて身体を作らなければならない。それも仕事のうちなのだ。

だが、斜麓山はあまりドカ食いはしない。

「食べすぎると頭の働きが鈍くなる」

というのが彼の主張なのだ。それがまた親方の気に入らない。

「食って食って食って食って稽古して食って……そうやって身体を作るんだ」

銅煎親方は皆にそう発破をかけて食事を詰め込ませるが、ひとり斜麓山だけは優雅にサンドイッチをつまみ、ローストビーフを食べている。そう、サンドイッチとローストビーフは斜麓山専用のちゃんこなのだ。

「ぼくはイギリス式でね」

皆が汗まみれで鍋を食べている横で、斜麓山は自分で淹れた紅茶を飲みながらサンドを食べ、それをまた銅煎親方が苦々しげに見つめている。いつものちゃんこ風景だ。

「お邪魔しまーす」

勝手口のほうから声がした。だれかが応対に出ようとしたのを親方は制して、

「入村《いりむら》だ。勝手に入ってくるさ」

入村というのは、以前、この銅煎部屋の力士だった人物である。赤乃橋《あかのはし》という四股名で自己最高位は前頭三枚目だったが、若いころからの薄毛でとうとう髷《まげ》が結えなくなり、三十過ぎで引退したそうだ。

「親方、食事中にすいません。いつものフグを台所に置いときました」

入ってくると、入村は銅煎親方にきちんと一礼してからそう言った。力士を辞めても師弟のつながりというやつはいつまでも残るようだ。

私が入門したときにはすでに引退していたので現役時代のことは知らないが、今はたしかにひどい薄毛で、髷は結えそうにない。正直、僧侶と言っても通用しそうなほどだが、これでじつは神社の宮司だというから世の中わからないものである。

よく「相撲取りは髷が結えなくなったら引退しなければならない」と物知り顔で蘊蓄《うんちく》を傾けるひとがいるが、それは嘘っぱちである。相撲取りは基本的には髷を結う必要がある。しかし、まだ入門したてで髪が伸びていないなど、髷が結えない状態で相撲を取るものも多いし、髪が薄くなっても付け髷をつけることも可能だ。頭頂の毛がなくなっても、両サイドの毛を長く伸ばせば、それで十分大銀杏を結うことはできるらしい。

また、力士の髷はすべて「大銀杏」というのも間違いで、大銀杏とは髷の刷毛《はけ》先《さき》が扇状に大きく開いた結い方のことで、これが銀杏の葉に似ているところからそう呼ばれているのだ。この大銀杏は、十両にならないと結うことが許されない。幕下力士が結っているのはただの髷なのだ。

では、なぜ入村が引退したのかというと、

「かっこよく大銀杏が結えなくなったから」

だそうだ。実家が代々、神田淡路町《かんだあわじちょう》にある大産比《おおむすび》神社という小さな神社の宮司を務める家柄で、父親が病気がちだったので、その職を継いでくれ、と言われていたことも理由のひとつらしい。

「おお、ありがてえな。おめえがフグを持ってくると、冬が来たなって毎年思うぜ。でも、今年はいつもより早かねえか？」

入村は山口県のフグ料理屋に知り合いがいて、そのつてで毎年大量のフグを差し入れしてくれるのだ。

「はい、そうなんです。ちょっと事情があって、早めにお持ちしました」

斜麓山は少し脇に寄って場所をあけると、

「入村さん、さあ、どうぞ。ちゃんこを食べてください。サンドイッチもありますよ」

「すまんなあ。でも、今日はいいよ。今から仕事でね」

「仕事？　そんなもの少しのあいだなら巫女《みこ》さんに任せておけばいいでしょう」

「それがその……宮司の仕事が土日しかできなくなったもんで、忙しいんだ」

入村は親方のまえに正座して、

「じつは親方、ちょっとご報告がありまして……今度から神社とはべつの仕事を始めることになったんです」

「ほう……どういうこったい」

「ご存知のとおり、うちは小さな神社で、氏子も年々減る一方でして、とにかく金がない。去年の雷で拝殿が壊れたんですが、修繕費もないありさまで……。親《お》父《や》《じ》が死んで以来、俺と年老いたおふくろでなんとか守ってきたんですが、おふくろも亡くなりまして、私ひとりになっちまいました。近頃じゃなさけないことにアルバイトの巫女ひとり雇うのが精一杯なんです。そんなわけで、私もなにかバイトをしなけりゃなあと思っていた矢先に、おいしい話がありましてね……」

銅煎親方は太い眉を寄せ、

「なんだ、入村、水臭《みずくせ》えなあ。困ってるならわしのところにいの一番に相談に来ねえか」

「すいません。親方に迷惑をかけたくなくて……」

「まあ、いい。——それで？」

「三日まえにうちをたずねてきた若いひとがおりまして、薄毛連盟の関東支部長だってんです」
「薄毛連盟？　なんだそりゃ」
「はい。私も最初はとまどいましたが、そのひと……団貫六《だんかんろく》という名前なんです
けど、なんでも薄毛連盟っていう大きな組織がありましてね、簡単な仕事をする
だけで高給を払ってくれるらしいんです」
斜麓山の目がきらりと光ったことに私は気づいた。
「どうしてそんなに薄毛を優遇するんだ」
「支部長の説明によると、薄毛連盟の創立者は、もとはどこかの民放のアナウン
サーだったんですが、髪が薄くなってきたんでかつらをかぶってた。あるときそ
れが生放送中に脱げてしまって、えらい騒ぎになったそうで……」
「そりゃそうだろうな」
「十何人も犠牲者が出た大きな海難事故の暗いニュースを読んでる最中だったたの
で、視聴者から、なんだあのアナウンサーは、不真面目すぎる、クビにしろ、と
非難が相次ぎまして、とうとうアナウンサーを辞めさせられたらしいんです」
「ひどい話だな。わざとじゃなかろうに。それに、薄毛が不真面目ってなんだ
よ」

「私もそう思いますけど、べつの部署に転勤させられ、結局、その放送局を退職せざるをえなくなり、ホストクラブの経営者になったそうです」

「極端だな」

「それが大当たりして、しまいには日本中にホストクラブを十数軒も展開する大実業家になりまして、巨利を得て引退し、悠々自適の暮らしを送って、先年亡くなったそうですが、『私は薄毛のせいで職を失った。同じように薄毛によって職を失ったかたたちの力になりたい』という遺言があったらしくて、その莫大《ばくだい》な遺産をもとに『薄毛連盟』という団体が作られた……ということのようです。連盟員は三十名に限定されてまして、今回ひとり欠員が出たから私に声がかかったとか……。私は、正確には職を失ったわけじゃなくて、自分から辞めたのですが、大銀杏が結えなくなって相撲取りを引退したというのは、連盟員の資格十分だそうです」

「ふーん……これまでもそういう相撲取りはいたけどなあ……」

「仕事は小田原《おだわら》駅前の雑居ビルのなかにある薄毛連盟関東支部の事務所で、朝七時から晩の九時まで留守番をすることなんです」

「留守番？　それだけか？」

「はい。ときどき連盟員がたずねてくるから、その応対をすればいいだけだそうです。勤務は月曜から金曜日まで。土日は休みで、週に三十万もらえるんです」

「月にじゃなくて、週に三十万か！　そいつぁすごいね。わしもそこで働きてえや」

「親方は薄毛じゃないから無理です。ちなみに、養毛法とかをして髪の毛が生えてきちゃったりすると、連盟員の資格を失うそうです。その支部長というひとも立派な薄毛でした。なかには、金欲しさに頭を剃《そ》って、薄毛です、と言ってくる輩《やから》もいるそうなので、『薄毛のせいで職を失った』ことが条件になったらしいです」

「なーるほど、ほんとの薄毛か剃ってるのか調べやすいからな。――でもよ、朝七時に小田原ってのはおめえとこからは無理だろ」

「そうなんです。事務所に簡易ベッドがあるんで、日曜日の晩から五連泊して、金曜の夜にこっちに帰ってくる予定にしてます。きついですが、週三十万のためならがんばれるんじゃないかと思います」

「そうだな、三十万だもんな」

「じつは昨日、はじめてその事務所に行きましてね、九時過ぎの電車で戻ってきたんですが、結局一日中だれも訪ねてきませんでした。椅子《いす》に座ってるだけの簡単な仕事、というか、簡単すぎて暇なぐらいです。今日と明日は宮司の仕事をして、明日の晩からいよいよ向こうに泊まり込みですんで、ちょっと親方に挨拶しておこうと思って……」

「そうかい。けどよ、宮司だって一日中座ってるだけで暇な仕事じゃねえか。あんまり変わらねえだろ」

「ははは、ちがいない。——というわけで、うちの神社、当面アルバイトの巫女だけになりますんで、よろしくお願いします」

「ああ、わかった」

入村は親方はじめ力士全員に頭を下げて帰っていった。

「入村の野郎、美味《うめ》え仕事にありつきやがったな」

親方はにやにやしながらそう言ったが、斜麓山は腕組みをしたまま、

「『赤毛連盟』だ……」

そうつぶやいた。親方が聞きとがめ、

「馬鹿、べらんめえ……ってなんのことだ」

「馬鹿、べらんめえじゃありません。赤毛連盟、知りませんか? 『シャーロッ

ク・ホームズの冒険』に収録されている名作です」

「横文字の本のことなんざ知らねえよ」

食事が終わり、関取衆は部屋に引き揚げた。私たちがちゃんこの片づけをしていると、斜麓山が私のところにやってきた。珍しく背広を着ている。

「輪斗山、行くぞ」

「えっ？　どこにです」

「決まってるだろう、大産比神社だよ」

「はあ……」

「さっきの話、聞いていただろう。おかしいと思わなかったか」

「たしかに、そんなつまらない仕事で週三十万円はもらいすぎだと思いました。せいぜい十万でしょう」

「不思議だよね」

「不思議というか、いいなあ、うらやましいなあ、と……」

「不思議だよね」

斜麓山がかぶせるように言ったので、私もついうなずき、

「はい、不思議です」

「不思議なできごとにはかならず真の意味が隠されている。それを暴きに行こうではないか」

「私もですか？」

「あたりまえだ。きみはぼくの付け人なんだから」

そうなのだ。付け人は自分が世話をしている関取が行くところにはぜったいに付いていかねばならない。関取が大産比神社に行きたいと言うならば、私も行くしかない。

「では、親方かおかみさんに断ってから……」

「いいっていいって。さ、着替えてきたまえ」

「私も着替えるんですか？」

若いものは、どこに行くにもたいていウールの浴衣一枚、素足に下駄《げた》が基本だ。もちろん付け人としてかしこまった場に同席するときはべつだが、神社に行くぐらいでどうして着替えなければならないのか……。

「もちろんだ。捜査に浴衣で行くわけにはいかんだろう。相撲取りが来ている、とすぐにわかってしまう」

背広を着ていてもすぐわかると思う。

「そ、捜査ですか」

「そのとおり。さあ、早く背広を着てくるんだ」

「背広なんて持ってません」

「そうだったか。――じゃあ、ぼくのを貸そう」

斜麓山と私では背丈がまるでちがう。だぶだぶの背広を着て、私は斜麓山とともに銅煎部屋の外に出た。

「輪斗山、ぼくはね、興奮しているよ。はじめて現実の謎を解明するときが来たのだからね」

「そうですか」

「輪斗山、ふたりきりのときは……」

「あ、すいません……じゃなくて、すまん、斜麓」

「それと今日、きみは付け人ではなく、助手だからそのつもりでいてくれたまえ」

「わ、わかった、斜麓」

「さっきの入村氏の話をどう思うね」

「たしかにおかしい。世の中にそんなうまい話が転がっているはずがない」

「それなのに、入村氏は信じてしまった。なぜだかわかるかね」

「いや……」

「欲だ。人間というものは、欲がからむと冷静な判断力を失うのだよ」

「では、薄毛連盟の話はインチキだと……？」

「それをたしかめるために今から神社に行くのだ。——輪斗山、きみも『赤毛連盟』を知らんのかね」

「はあ……」

「ぼくの付け人であるうちは、少なくともホームズは全部読んでおいてもらいたい。あと、ルパンにポアロ、クイーン、ソーンダイク教授、ギデオン・フェル博士、ブラウン神父……。——あ、輪斗山、馬車を停《と》めてくれないか」

馬車……と一瞬思ったが、タクシーのことだと気づいたので私は手を挙げた。

◇

大産比神社は銅煎部屋からタクシーで2メーターほどのところにあった。閑静な住宅地を抜けたところにある小さな神社である。鳥居の柱も塗りが剝《は》げていて、かなり老朽化しているのがわかる。境内を入ってすぐのところに、これまたぼろぼろの木製掲示板があり、「由緒書」として社の由来が書かれている。薄くなった文字をなんとか判読したところによると、大産比神社はもともと延喜式《えんぎしき》の神名帳にも記載のある古い神社で社伝には創建は斉明《さいめい》天皇で主祭神は大産比命《おおむすびのみこと》とある。戦国時代の初期に焼失したが、江戸時代になって豪商沢野屋治平《さわのやじへい》によって再建された。この神社の氏子総代だったのが由井正雪《ゆいしょうせつ》だ、などと書かれている。

「斜麓、由井正雪というのはなんだね」

斜麓山は呆れ顔で、

「きみは慶安《けいあん》の変を知らないのか」

「し、知らないね」

「輪斗山、本を読みたまえ。ミステリだけではない。あらゆる本を読むことだ。

——由井正雪というのはね、江戸時代初期、神田連雀町《かんだれんじゃくちょう》の張孔堂《ちょうこうどう》において軍学の講義を行っていた学者だ。門弟は三千人もいて、そのなかには大名の家来や旗本など名のある武士も多かったそうだ」

「たいしたものだね」

「ところが、当時は大名の改易《かいえき》によって困窮した浪人が巷《ちまた》にあふれていた。その数は四、五十万人ともいう。正雪は彼らを救うため、仲間を集めて挙兵し、幕府を転覆しようと企てた。しかし、計画は直前になって漏れ、由井正雪は駿府《すんぷ》で自殺し、仲間のものたちも捕まってしまった……これが慶安の変さ」

そんなことを話しながら我々は社務所へと向かった。境内は意外に広く、右手には池があり、その奥は鬱蒼《うっそう》とした森になっていた。池は濁り、藻に覆われていた。森の木も枝は伸ばしっぱなしで手入れされている様子はまったくなかった。

手水舎《てみずや》で手を洗おうとした斜麓山が、

「入村氏がお金に困っているというのは本当らしいね」

私もうなずいた。手水舎の柄杓《ひしゃく》はどれも赤く錆《さ》びていたのだ。ただ、地面の砂利《じゃり》にはかろうじて箒目《ほうきめ》がついている。森の向こう側にとてつもなく大きな銀杏《いちょう》の木があった。森の木よりもはるかに高いので、どこからでも見える。

「輪斗山、あの銀杏を見ていこうじゃないか」

「え？　社務所に行くまえにかい」

「そうだ」

理由は言わず、斜麓山は歩き出した。森を抜けると、大銀杏があった。幹周《みきしゅう》十五メートルはありそうな太い幹には注連縄《しめなわ》が張られており、神木であることがわ

かる。「由井正雪寄進の大銀杏」という立て札が横に立っている。それを見た斜麓山はくすくす笑い、

「見たまえ、輪斗山。かっこよく大銀杏が結えなくなって引退した入村氏の神社に大銀杏が生えているなんて愉快な暗合じゃないか。しかも、『結い』正雪だからね」

「そ、そうだね」

私はべつに愉快とは思わなかったが、一応うなずいておいた。そこから引き返し、社務所に向かう。おみくじやお守り、破魔矢、絵馬などを売っている売店には、巫女の恰好《かっこう》をした若い女性が座っていた。入村が言っていたアルバイトだろう。売店と社務所は一体になっている。我々はドアを開け、なかに入った。

「やあ、関取。うちの神社に来るなんてはじめてだな。どうした風の吹き回しかね」

にこにこ顔で入村が迎えてくれた。

「久しぶりに入村さんのお顔を見たせいか、なんだか急にこの神社を参拝したくなったのです。ぼくはじつは神社マニアで、巡業先でもかならず近くの神社を訪れます。そういえば入村さんの神社に行ったことなかったな、と思ったら矢も楯《たて》

もたまらなくなって……」

「うれしいけどさ、関取にわざわざお越しいただくには及ばないしょぼい神社なんだ」

「お忙しいでしょうけど、少しだけお時間をください」

入村は苦笑して、

「見てのとおり、だーれも参拝者はいないよ。土曜日なんだから、犬の散歩でもいいから来てほしいよね」

「拝殿を見せていただいていいですか」

「ああ、いいとも」

入村は社務所の外に出ると、先に立って歩き出した。拝殿は屋根が壊れているらしく、ブルーシートがかけてあった。正面には鰐口《わにぐち》が三つ並んでいたが、そのうちのひとつは紐《ひも》がちぎれている。斜麓山は小銭を賽銭箱《さいせんばこ》に放り込んで神妙に柏手《かしわで》を打ったあと、しばらくそこにたたずんでなにやら考えていたが、

「入村さん、由井正雪がこの神社の氏子総代だったというのは本当ですか」

「本当だよ。昔の氏子名簿に名前が載ってる。由井民部之助《みんぶのすけ》とね」

「あの銀杏の木も、正雪が寄進したものだとか」

「そうそう、これも当時の寄進帳が残ってる。彼が例の謀反を起こそうとした数日前にこの銀杏を寄進したらしい。そのときはまだ若木だったみたいだけどね、それから三百五十年以上経って……こんなでかい木になった。この神社のシンボルだね」

「由井正雪が氏子総代だったときもこんな広い敷地だったのですか」

「ははは……それどころじゃないよ。そのころはうちの社領は今の五倍はあったらしい。だんだん減っていって、こんな具合になったがねえ」

「今の五倍？　そりゃすごい」

「そうさ。あそこの国道を越えたあたりまでぜんぶうちの敷地だったんだもんな」

「なにか正雪がらみの言い伝えなんかは残っていませんか」

「言い伝え？　これといってなんにもないねえ。由井正雪は武田信玄《たけだしんげん》の生まれ変わりっていう説があって、そのせいか、うちの宝物殿に武田家由来の刀があるよ」

「それはかなりの値打ちものですか」

「いやいや、値打ちなんかまるでない。もう錆びちゃって、刃も欠けてて、屑鉄《くずてつ》にもなりゃしないよ」

「宝物殿にはほかに高額なものや貴重なものはありますか」

「ないね。そんなものあったらとっくに売り払って金にしてる。いろんな古い帳面とか下手《へた》な絵巻物とか花瓶とか……まえに古物商に鑑定してもらったけど、どれも二束三文にしかならないそうだよ」

斜麓山は首を傾《かし》げた。

「それにしても、近頃は由井正雪流行《ばや》りなのかね。うちの巫女、あの子もM大学で由井正雪の研究をしててさ、卒論も正雪だそうだよ。近所に住んでるんだけど、調査のためにしばらく巫女として使ってくれって言ってきたんだ。最初は、バイト代はいらないって言ってたぐらいでさ、もちろんそうもいかないんで多少は渡してるけど、雀《すずめ》の涙ほどのお金でよく働いてくれるよ。今度の薄毛連盟の仕事も、あの子がいなかったら引き受けられなかったわけだし……」

斜麓山の目がギラリと光った。

「あの巫女さんのお名前を教えてくださいませんか。輪斗山のタイプらしくて、さっき売店で見かけたあと、きいてくれってうるさいんです」

私は斜麓山をにらんだ。

「ははは……ゆかりちゃんかい？　若いひとはしかたないねえ」

入村は笑いながら名前を教えてくれた。江崎《えざき》ゆかりだそうだ。

「入村さん、つかぬことをうかがいますが、薄毛連盟の支部長というのはどんなかたですか」

「団さんかい？　どうしてそんなこと知りたいんだね」

「ぼくの知り合いにも団というひとがいるので、もしかしたら同一人かと……」

「そうだな……髪は薄毛というよりもつるつるだな。歳《とし》はたぶんまだ三十手前だろう。中肉中背ってやつだ。とくにこれといった特徴は……ああ、そうだ、耳の先が尖《とが》ってってね、変わった形だなと思ったよ」

「ぼくの知り合いではないようですね。失礼しました」

斜麓山はひととおり拝殿のなかを見物すると、

「では、これで失礼します。たいへん面白かったです。――明日の晩から小田原ですよね」

「そうだ。さぞかし暇だろうな。退屈しのぎになるもの、いろいろ持っていくつもりだよ」

「入村さんはスマホはお持ちですか」

「ああ、使いこなせてないけどね」

斜麓山は入村とアドレスなどを交換すると、礼を述べて神社を出た。

「斜麓が神社マニアだったとは知らなかったよ」

私が言うと、

「神社に興味なんかないよ」

「だったらどうして拝殿が見たいなんて言ったんだい」

「入村氏と三人きりになるためさ」

「それで、なにか収穫はあったのか」

「もちろんだ。だいたいのことはわかってきた。あとは裏付けだ。明日は入村氏は神社にいるから動きはないだろう。明後日《あさって》の月曜から二、三日が危ないな」

「なんのことだね。私にも説明してくれ」

「ふふふ……ぼくの性格を知っているだろう。芝居がかったやりかたで皆をあっと驚かせるのが好きなんだ」

そんな性格は知らない。

「輪斗山、M大学に電話して、由井正雪について研究しているゼミがあるだろうから調べてくれたまえ。そのゼミの教授と連絡が取りたいんだ」

「わ、私がかい？」

「きみはぼくの助手なんだから当然だろう」

付け人だからしかたがない。私はＭ大学の庶務課に電話をしてみたが、土日は休みであるむねの録音が流れるだけだった。しかし、ネットで検索すると、人文日本史学科というところの直接の電話番号がわかったのでそこに電話した。幸い、土曜日に事務室に出ていただれかが電話を取った。小結斜麓山の名前を出すと、向こうは相撲ファンだったらしく、ぺらぺらしゃべってくれた。由井正雪につって研究しているのはおそらく江戸時代の反抗史を扱っている北条《ほうじょう》ゼミだろうとのことだった。

「北条先生は今日来ておられますか」

「さっき見かけたなあ。自分の研究室にいるんじゃないかな」

研究室に電話をつないでもらうと、北条教授が在室していたので、斜麓山と代わった。

「はじめまして、先生。銅煎部屋の斜麓山と申します」

「おお、テレビでよくお見かけしています」

「ぼくはじつは由井正雪マニアでしてね、慶安の変に深い関心があるんです。先生の研究室が慶安の変について研究しておられると聞きまして、一度話をうかがいたかったのです」

またこの手口か。

「うちの研究室は、島原《しまばら》の乱、赤穂《あこう》浪士、大塩《おおしお》の乱……など徳川幕府への組織的抵抗例について研究しているので、当然、慶安の変やその一年後に起きた承応《じょうおう》の変についても扱っています。現在、慶安の変を研究対象にしているのは数人おりますね」

斜麓山があの巫女の名前を出すと、

「ああ、江崎ゆかりもそのチームにいます。どうしてご存知なんですか」

「知り合いのところでアルバイトをしているんです」

「ほう、そうでしたか。——正雪は駿府で自刃しまして、その首は菩提樹院《ぼだいじゅいん》という寺に埋められたんですが、その寺の書庫から正雪が所持していたとされる文書や書簡が出てきましてね」

「そりゃすごい！」

「それがどうやら真筆のようでね、傷みがひどくて読み取れないものが多いので、うちの研究室が依頼を受けて、彼女のチームがその修復・読解作業を行っています。なかなか進まないようですけどね……」

「先生、これは部外者がお願いできるようなことではないかもしれませんが、その文書を拝見するわけにはいきませんか。正雪マニアとして、どうしても押さえておきたいんです」

「そうですね……。研究中の史料ですが、ほかならぬ関取の頼みですから、見るだけならいいでしょう。触ったり、手に取ったりするのはご勘弁願いたい。あと、内容について発表するのはやめてください。修復と調査が終わってから学会で発表する予定なのでね」

「ご心配なく。古文書の文字なんてどうせ読めません。ファンとして、見たという事実が大事なんです」

「はっはっはっ、それならいつでもどうぞ」

「では、善は急げと申しますから、今からではいかがですか。明日は日曜ですからお休みでしょう?」

「い、今から?　ええ、まあ、いいですが……」

「ありがとうございます。すぐにうかがいます」

有無を言わせず寄り切ってしまった。

「よし、行くぞ、輪斗山」

私は通りに出ると、タクシーを停めた。

◇

土曜日とはいえ大学構内にはひとが多い。とくに斜麓山は背が高いので目立つ。キャンパスに入った私たちはたちまち好奇の目にさらされた。しかし、斜麓山は気にする様子もない。私たちは、北条教授の研究室がある建物に入った。

北条教授は五十代ぐらいの優しそうな人物だった。度の強い眼鏡《めがね》をかけ、口髭を生やしている。私は、途中で買った手土産《てみやげ》のお菓子を教授に渡した。コーヒーを院生の男子が淹《い》れてくれた。

「いやあ、有名力士のかたが由井正雪のファンだなんてなんだかうれしいですね。今日、彼女は休みですが、どうぞこちらへ……」

教授は史料が保管されているロッカーに案内してくれた。最上段の引き出しを開け、

「これです」

たくさんのファイルをテーブルのうえに出した。

「1、2、3、4、5……あれ？　6が抜けてるぞ」

北条は、ファイルを繰った。

「6番の史料知らないか」

学生に声をかけると、

「そこは江崎の担当です」

「まさか持ち帰ってるんじゃないだろうな」

「それはないと思います。自分のデスクにしまってるんじゃないですか？」

「ちゃんと管理してもらわないと困るな」

北条は文句を言いつつ、江崎ゆかりのデスクの引き出しを開けようとしたが、鍵がかかっていて開かない。

「ま、いいか。――ひとつ足りませんが、ここに七枚の文書があります。どうぞ見てください」

どれもちぎれていたり、虫食いがひどかったり、日焼けで変色していたり、ぼろぼろに崩れかけていたりと保存状態は最悪だが、いずれにしても私にはこういう昔のミミズののたくったような字はまるで読めない。自分の知っている日本語

とは思えないのだ。北条教授が、

「これは地方の同志に決起をうながす手紙ですね。こちらは江戸の丸橋忠弥《まるばしちゅうや》への指示書、こっちはおそらく天皇家に対して義挙への賛同を得るための文書……」

ひとつひとつ簡単に説明してくれた。私にはまるでちんぷんかんぷんだが、斜麓山はいちいち興味深そうにうなずいている。

「なるほどよくわかりました。目の保養になりました。でも、こうなるとナンバー6のファイルだけ見られないのは残念ですね。——先生、ナンバー6はどういう文書なのでしょう」

「旗揚げの軍資金に関するものです。金はいくらでもあるから心配するな、みたいなことが書いてありますが、食い詰めた浪人たちに金があるはずがない。私は、同志を安心させるための正雪の嘘だと思っています。そもそも書かれている地名に相当する場所が静岡あたりには存在しないのです」

「そう聞くとますます見たくなりました」

斜麓山がそう言うと、ひとりの学生が、

「原本じゃありませんが、スキャンしたものがパソコンで見られますよ」

「おお、それはありがたい。ぜひお願いします」

その学生はパソコンを操作したが、

「あれ？　おかしいな。ナンバー6だけロックがかかってる。江崎、なに考えてんだ」

「じゃあ見られないわけですか」

「いえ、ぼく、江崎の暗証番号知ってるんで外しちゃいましょう。——あ、出た出た」

見せてもらったものはやはり崩し字というのか私には一文字も読めなかったが、斜麓山はにこにこ顔で、

「満足いたしました。これでほかの由井正雪マニアたちに自慢できます」

北条教授は、

「私も関取の役に立ってうれしいです。——でも、由井正雪マニアなんているんですね」

「大勢いますよ。ショーセッツアンという団体もあるぐらいです」

私たちは礼を述べて研究室を出た。

「ショーセッツアンなんてないんだろう？」

「あるわけがない」

「崩し字を読めないのに、古文書なんて見てどうするんだね」

「読めるさ」

斜麓山はこともなげに言った。

「いつかこういうときも来るかもしれないと思って、昔、行書や草書を研究したことがある。おかげでさっきの文書もひと目見て読めたよ」

私は驚いて、

「なんと書いてあったんだね」

「もし自分になにごとかあっても心配することはない。軍資金はふんだんに用意してある。正雪神社の由井正雪の場所にあるはらわたの下だ。――そう書いてある」

「なんのことかね」

「だいたいわかる」

「先生は嘘だと言っていたが……」

「駿河にも東京にも正雪神社などという名前の神社はないと思う。調べてくれたまえ」

私はスマホで検索したが、たしかにそういう名の神社はない。

「ということは、北条先生の言うように由井正雪が嘘を言ったのか、それとも正雪が示したのは別の神社のことなのか……」

「別の神社？」

「軍資金を隠してある場所の名前を軽々しく書くかね。これは直感にすぎないが、正雪神社というのは由井正雪神社……つまり、由井神社ということではないのかな」

「由井神社……そういう神社ならあるのか？」

「ないと思うね」

「じゃあ、ダメじゃないか」

「由井というのは、結いだ。結いは結ぶだ。大産比神社のことを意味している可能性はある」

「由井正雪の場所にあるはらわたの下というのは……？」

斜麓山はにこりと笑い、

「それは明後日か……明々後日《しあさって》のお楽しみということにしよう」

「明日、ではないのかね」

「明日は日曜日だよ」

斜麓山は謎めいた言葉を私に投げかけた。

◇

翌日の日曜日はたしかになにもなかった。私は斜麓山のおともでヴァイオリンのコンサートに行った。

「さあ、輪斗山、コーヒーとサンドイッチ、そして音楽の国でしばしくつろごう」

斜麓山はそう言ったものの、開演五分で眠ってしまった。私も、クラシックはよくわからないので退屈だったが、ふたりで寝るというわけにもいかず最後まで起きていた。

その日の夕方、入村は律儀にも胴煎部屋に挨拶に来た。

「では、親方、今夜から向こうに詰めさせていただきますので、しばらく留守にいたします。よろしくお願いします」

「ああ、慣れないうちはたいへんだと思うが、まあ、しっかりやんな」

「はい、ありがとうございます！」

入村は斜麓山にも頭を下げ、

「昨日は関取、わざわざありがとう。また来てくださいな」

「もちろんです。案外早い時期に再訪することになると思います。ところで、入村さん、あの神社の昔の図面とか残っていますか」

「図面はないけど、江戸時代に描かれた俯瞰図《ふかんず》みたいなものなら何枚かあるよ。あと、幕末に写した写真がある」

「今とはかなりちがうでしょうね」

「そりゃあ昨日も言ったけど敷地の広さがまるでちがうからね」

「鳥居の位置も変わってますか」

「ああ、以前は西側にあったようだな」

「境内を入ってすぐにあった由緒書なんかも？」

「さすが神社マニア。細かいことをきくねえ。写真によると、幕末にはすでに今の場所にあったようだ。慶安の変のころの俯瞰図にも、同じところにそれらしいものが描かれているから、看板自体は何度も作り替えてるんだろうけど場所自体は五百年以上も変わってないのかもしれんな」

「でしょうね」

「――え？」

「あ、いやいや、なんでもありません。あの神社の開門時間は何時から何時までですか」

「朝は八時開門、夜は六時に閉門だ。いつもは朝六時に開けてたんだけどさ、バイトにはきついだろうから、変更したところさ」

「わかりました。それでは今夜からがんばってください」

入村が帰ったあと、斜麓山は私にささやいた。

「明日から忙しくなるぞ」

「なにがです？」

「今日は早く眠って明日に備えたまえ。じゃあ……」

◇

翌朝、私たち若いものが五時に起き、稽古場の準備をしていると、六時半頃、斜麓山がやってきた。

「おはようございます、関取。気合十分ですね」

私が言うと、

「ああ、当然気合は入っているよ」

「我々に稽古をつけてくださるのですね。ありがたい」

「はあ？　なにを言ってるんだ。稽古なんかしないよ。背広で稽古はできないだろう」

言われてよく見ると、たしかに斜麓山は背広だった。

「きみも急いで背広に着替えたまえ」

「ど、どうしてです」

「決まってるだろう。張り込みだよ。やつらはいつ行動を起こすかわからない。だから張り込むんだ」

「やつらってだれですか」

「きみにはなにもわかっていないようだな」

「はい」

私は素直にうなずいた。

「まあいい。とにかくついてきてくれたまえ」

「どこへ？　私は今から稽古があるんですけど……」

「付け人はついてくるのが基本だろう。それに、事件と稽古とどちらが大事なんだ」

どう考えても稽古なのだが、そうは言えない。

「事件です」

「そのとおり。――では、大産比神社へ出発だ」

「えーっ、今からですか。じゃあ親方やおかみさんに言わないと……」

「いいっていいって。――輪斗山、敵はもしかしたら凶悪なやつらかもしれない。できれば軍用拳銃を持ってきてくれないか」

「そんなもの持ってません」

「だろうな。しかたがない。まあ、手ぶらで行くとするか」

我々が銅煎部屋を出ようとすると、

「こらっ、斜麓山、どこに行きゃがるんだ！」

親方だ。私は首をすくめたが、斜麓山は動じることなく、

「悪を裁き、謎を暴くためにちょっと出かけてまいります。あしからず」

そう言うとドアを開けて外に出た。

「お、おい、戻ってこい。輪斗山、てめえもなにしてやがる！」

私もやむなく、

「あしからず」

そう言って斜麓山に続いた。

「てめえら、帰ってきたらただじゃおかねえからな！」

親方の怒声を背中に浴びながら、私は斜麓山を追った。

タクシーはなかなか来なかった。やっと一台つかまえて、大産比神社に向かわせたのだが、斜麓山はおととい とはちがうルートを運転手に指示した。そして、まだ神社までかなり距離があるところで停めさせた。そこから歩くと、表門ではなく裏門に着いた。すでに門は開いていた。ということはバイトの巫女が来ているのだ。

「裏門から入るのかい」

「そうだ。今からは静かに、声も音も立てないように……」

しかし、砂利を敷き詰めた境内を音を立てずに歩くのはなかなかむずかしい。我々は裏門からすぐ左手にある沢野屋治平の顕彰碑の陰に隠れることにした。しばらくすると、社務所から巫女姿の女性が出てきた。手に大きな砂熊手《すなくまで》を持っているのでてっきり地面を掃くのかと思っていたら、なにもせず森のほうに歩いていった。しかし、斜麓山はまだじっとしている。一時間そして二時間が経過し、さすがに欠伸《あくび》のひとつも出そうになった。

「なにも起こらないね」

私がつい愚痴を言うと、

「我慢したまえ。今日はなにも起きないかもしれない。それなら明日、明後日、明々後日……毎日ここに来るのだ。待つのも探偵の仕事のひとつさ」

相撲取りが「待った」をしてはいけないのではないか……そう思ったが、もちろん口にはしない。

早起きだったことも手伝って、私はついとろとろと眠りそうになっていた。いや、眠ったのかもしれない。

突然、激しい騒音とともにガリガリと砂利を噛むタイヤの音が聞こえてきて、私はハッと目を開けた。

「斜麓！」

「しっ、静かに」

斜麓山は私の口を塞ぐと、音の聞こえてきた方向を見つめた。表門から入ってきたのはダンプカーで、荷台には黄色いショベルカーが載っていた。ダンプは森の正面に停車すると、運転席から作業着を着た男が降りてきた。歳は三十になるかならないかで、頭にはヘルメットをかぶっている。彼はショベルカーに乗り込むと、アームをうまく使ってひとりでショベルカーを地面に下ろした。そして、森のなかの小道を進みはじめた。道は細いのでショベルが左右の樹木に当たるがおかまいなしに無理矢理前進するので、めきめきという木の折れる音がする。

「よし、行くぞ！」

斜麓山は顕彰碑の陰から飛び出すと、ショベルカーが向かったほうに駆けだした。森の小道は折れた木の枝などでめちゃくちゃになっていたが、その先にあったのはもっとめちゃくちゃな光景だった。あの銀杏の巨樹のまえに男と巫女が立っていた。男はショベルカーの運転席から持ち出したらしいチェーンソーを構えている。刃の長さが一メートルを超えるような、見たこともない大型のやつだ。男は唸《うな》りを上げながら刃を回転させているそのチェーンソーを銀杏の根もとにあてがった。ぎっきゅうううん……！　という音がして木屑《きくず》が飛び散り、私がいるあたりまで濃い木の匂《にお》いが漂ってきた。私たちは目で合図をしながら、ゆっくりとふたりに近づいていった。男はしばらくして、

「なんて太いんだ。これじゃ埒《らち》があかない。一週間かかっても切れないぜ」

そう言うとヘルメットを脱いで汗を拭《ぬぐ》った。男は禿頭《とくとう》で、耳の先が尖っているのが私にもわかった。

「木を切り倒してからショベルで根っこを掘り起こすつもりだったが、面倒くさくなってきた。いきなりショベルで突っ込んでやろうか」

「それがいいよ」

巫女姿の女もうなずいた。

「あんまり手間かけてたら近所の連中に怪しまれる。小田原のほうに連絡されたら困るよ」

「そうだな。いっちょうアームぶちこんでみるか」

男は身体についていた木屑を払うと、ショベルカーの運転席に向かおうとこちらを振り向いた。そして、私たちの存在に気づき、立ち止まった。どうして相撲取りがふたり、こんなところにいるのだ、というような表情だ。それはそうだろう。私ですら、なぜ自分がこんなところにいるのかわからないのだから。その機を逃さず、斜麓山がするすると男に接近し、腰に手をかけようとした。男はするりとかわし、ショベルカーの運転席によじ登り、アームを動かした。斜麓山はアームの先端にしがみついた。

「くそっ！」

男はかまわずアームを左右に振り、斜麓山を振り飛ばそうとした。しかし、斜麓山の両脚は地面から動かなかった。

「なんだ、この化けもの！」

男は蒼白《そうはく》になってレバーを操作しているが、斜麓山はしがみついたままだ。アームが左に動けば左に走り、右に動けば右に走る。男はアームを持ち上げようとしたが、

「う、動かない！」

斜麓山の力によってアームは微動だにしない。私も、斜麓山がこれほどの怪力だとは知らなかった。手さばきの上手《うま》さやスピード、相撲勘で勝負する力士だとばかり思っていたのだ。

「どすこーい！」

斜麓山は顔を真っ赤にしてそう叫んだ。男はショベルカーを全速で後退させた。さすがに斜麓山もアームから手を放した。

「死ね！」

男はギアを切り替え、ショベルカーを斜麓山に突進させた。私は思わず、

「斜麓、逃げろおっ！」

そう叫んだが、斜麓山の耳に届いたかどうかはわからない。斜麓山はその場から動くことなく、真正面からショベルカーをがっしと受け止めた。があん！という金属と金属が衝突したような轟音《ごうおん》が響き渡り、私は目を覆った。撥《は》ね飛ばされたと思ったのだ。死んだか、少なくとも大怪我はしたにちがいない。私はなりふりかまわずショベルカーに走り寄ろうとした。だが、私が見たのはとても信じられない情景だった。斜麓山はぐっと腰を落としてショベルカーのアームを抱え、そのまま金剛力で持ち上げようとしていた。そんなことができるのか……。斜麓山は鬼のような形相になり、両腕や肩の筋肉は瘤《こぶ》のように盛り上がっている。男はレバーを動かしているが、キャタピラはがらがらと空回りしはじめていた。ショベルカーの前部は次第に斜めになっていった。運転席の男は悲鳴を上げ、

「や、やめろ！　おまえ、なにものだよ！」

「斜麓山……探偵さ」

「え……？」

「はあっけよおおーい！」

斜麓山は掛け声とともにアームから手を放した。ショベルカーの前部はそのま

ま下に落ち、男は運転席から地面に転がり落ちた。私は斜麓山に駆け寄り、

「だ、大丈夫か、斜麓……」

斜麓山は荒い息をつきながら、

「ああ………なんとかね。どうだった?」

「横綱相撲だったよ……」

私がそう言うと、斜麓山はにやりとして、

「ありがとう、輪斗山」

◇

ショベルカーの運転席から墜落した男は、呆然としたまま逃げようともしなかった。巫女姿の女はこっそりと逃亡を企《たくら》んだので私が捕まえた。連絡したので、すぐに警察が来た。無許可で他人の土地に建設機械を入れ、樹木を伐採しようとした、というので現行犯逮捕された。警官のひとりに斜麓山は言った。

「彼らは、埋蔵金を掘り出して私《わたくし》せんとしたのです。そのあたりを取り調べで追及してください」

斜麓山と私の証言も必要ということで、ふたりとも警察に行くことになった。

パトカーの後部座席で私はきいた。

「私にはまだ理解できていない。どういう事件だったのか説明してくれないか」

「いいとも。まだ取り調べが行われていないからいくぶんか推測が混じることを許してくれたまえ。――あの江崎ゆかりという女は、北条先生のもとで由井正雪の研究をしているときにあの文書を見て、そこに書かれていた正雪神社が、自分の家の近くにある大産比神社のことだと気づいたのだろう。江戸時代における由緒書の位置から右に曲がったところに大銀杏が生えている。しかも、その銀杏は由井正雪が寄進した木だ。私が調べたところでは、由井正雪には、駿府の下足洗《しもあしあらい》村の百姓半左衛門《はんざえもん》という大富豪のタニマチがいたという伝説もある。これらのことから、江崎は大産比神社の銀杏の木の下に正雪の軍資金が本当に埋まっていると判断したのだ」

「ちょ、ちょっと待ってくれ。由緒書がなにか関係あるのかい」

「まだわからないのかね。由緒を右折……由井正雪ということだ」

「はらわたの下、とかいうのは……？」

「はらわたは胃腸、つまり、銀杏のことだ」

「駄洒落《だじゃれ》だったのか！」

「江戸時代の洒落言葉では、こういった置き換えはありがちなんだ。大産比神社のことを由井正雪神社と言い換える思考過程は、産比↓結び↓結《ゆい》↓由井↓由井正雪という言葉遊びだ。そこから、手紙の主はほかにも言葉遊びを使っているだろうと類推したのさ」

「なるほど……」

「あの耳の尖った男は、おそらく彼女のパートナーで、建設現場などで働いた経験があり、大型ダンプやショベルカーの運転資格を持っているのだろう。しかし、今では神社の神木ともなっている樹齢三百五十年を超える大銀杏を切り倒すことなど許されない。そこで、薄毛連盟という架空の団体の仕事をでっちあげ、入村氏を小田原に泊まり込ませて、そのあいだに作業をしてしまおうと考えたのだ」

「じゃあ入村氏は、給料はもらえないってことか」

「残念だがそういうことになるだろうね。――おっと忘れていた。このことを小田原の入村氏に知らせてやらなくては……」

斜麓山はスマホを取り出したが、途中で操作の手をとめ、

「どうだったね、輪斗山」

「なにが?」

「ぼくの探偵ぶりさ」

「たいしたもんだった。感心したよ」

私は心底からそう思っていた。

「悪党たちも捕えられたし、神木も無事だった。入村氏にもさほどの被害はなかった。全部、きみの働きだよ」

「まあね……」

斜麓山はにやりとした。

「しかも、ショベルカーを持ち上げるとは……きっと将来、横綱になれると思う。たいしたもんだ」

「それはどうでもいいんだ。ぼくは探偵としての自信を持つことができた。輪斗山、助手としてこれからもぼくに力を貸してくれたまえ」

「喜んで協力するよ、斜麓」

私たちはパトカーの後部座席で固く握手を交わしあった。後年まで続く、関取と付け人という枠を超えた友情がここから始まったのだ。

そのとき、私のスマホが鳴った。私は青ざめた。親方からである。

「はい……もしもし」

「こらあ、輪斗山、なにやってんだ！」

「車のなかにいます」

「斜麓もいるのか」

「はい」

「とっとと帰ってきやがれ、この薄らトンカチ！」

「それは無理です」

「どうしてだ」

「今から、警察に行くんです」

「な、な、な、なんだと！」

そのときパトカーが止まった。警察署に着いたのだ。

「すいません、親方。一旦《いったん》切りまーす」

「お、おい、てめえ、この……」

ぷつっ。


（後記）

報《しら》せを聞いて小田原から急いで戻ってきた入村氏はさすがにショックを隠し切れないようだった。割のいいバイトの話が詐欺だったのだから当然だろう。

「本当に埋蔵金があるんなら、そのうえで毎日暮らしてるわけだから、大金持ちってわけだな。そう思うことにするよ」

入村氏は悲しげにそう言った。大銀杏は切らないそうである。

第二話　まだらのまわし

「斜麓関《しゃろくぜき》！　斜麓関！」

私は、銅煎《どういる》部屋の二階にある斜麓山《しゃろくやま》の個室のドアを叩《たた》いた。はじめは遠慮気味だったが、しだいに力が入り、しまいにはどしどしとぶっ叩いていた。しかし反応はない。メールもラインもすでに山のように送ってあるが、それにも応答しない。

「斜麓関！　斜麓関！　応《こた》えてください！　時間です！」

だんだん心配になってきた。自分が置かれている状況はわかっているはずなのにここまで返事をしないとは、もしかしたら病気で倒れているのかもしれない。いや、部屋中に積んである本が崩れてその下敷きになっているのか……。不安が募ってきた私はなおもドアを連打しながら叫んだ。

「斜麓関！　斜麓！　斜麓！」

ふたりきりのとき以外は呼び捨てにはしないというルールすら忘れ、私が「斜麓！」と呼び続けていると、ようよう部屋のなかから声が聞こえた。

「――なに？」

なに、ではない。私は、斜麓山が無事だったことへの安堵《あんど》と、まったく応答しなかったことへの怒りがないまぜになり、

「開けてください！」

「ああ、輪斗山《わとさん》か。今開けるよ」

かちゃり、という音とともにドアが開いた。眠そうな目をした斜麓山がよれよれの浴衣《ゆかた》を着て立っていた。

「ずっとドアを叩いていたのに聞こえなかったんですか！」

「うん？　そうだったのかい。どこかで道路工事の音がするなあ、とは思っていたんだが……」

「それは私です！　名前も呼んでいたのに……」

「どこかで道路工事の作業員が叫んでいるなあ、とも思っていたんだが……」

「それも私です！」

「すまない、輪斗山。きみも知っているとおり、ぼくにはなにかに熱中するとな

にもかも忘れて没入する悪癖があってね……」

「そんなことより、まだ着替えてないんですか！」

「どうして着替えないといけないんだい。朝稽古《あさげいこ》なら悪いけど今日はパスさせてもらうよ。徹夜でミステリを読んでいて、たった今読み終わったところだから眠くてね。きみだけに特別に教えてあげよう。『プーさん殺人事件』の犯人は……もちろん内緒にしておこう。それがミステリ読者にとっての紳士的なルールだ。ひとつだけ衝撃の事実を教えてあげよう。じつはこの小説におけるプーさんというのはね……熊《くま》のぬいぐるみじゃないんだ。いや、ぬいぐるみですらない。プーさんというのはじつは……おっと、これ以上の無粋なネタばらしはやめておくよ」

「そんなことどうでもいいんです！　早く支度してください。明け荷はどこですか」

「支度だって？　なんの支度だい？」

「今日から春巡業です」

斜麓山は私を部屋に引っ張り込み、ドアを閉めた。こうなると私は口調も態度も改めなければならなくなるのだ。

「巡業だって……？　聞いてないね」

「昨日、ちゃんと言ったよ。スケジュールもずいぶんとまえに渡しているはずだ」

「ふーん、そうだったかな。このすばらしいミステリに耽溺《たんでき》するあまり、すっかり忘れてしまっていた、というわけさ」

というわけさ、じゃない！

「とにかくすぐに明け荷を造ってくれ。トラックが出てしまう。ぼくは二時間後に明け荷を国技館に届けなければならないんだ。きみひとりのために出発を遅らせることはできんよ」

斜麓山はしばらく考えていたが、

「輪斗山、ぼくは巡業には行かないよ」

また始まった！　どれだけわがままを言えば気が済むのだろう。私は思わず「いいかげんにしろ！」と怒鳴りたくなった。だが、もちろんそんなことを口にするわけにはいかない。関取が黒だと言えば、白いものも黒いと答えるのが付け人というものだ。しかし、斜麓山が参加しないと言ってます、などと報告しようものなら、銅煎親方は激怒するにちがいない。あいだに挟まって苦労するのは私なのだ。

「斜麓、巡業は十両以上の力士は全員参加が原則だ。よほどのことがないかぎり、例外は認められない」

「これは『よほどのこと』なんだ。どうも体調がおもわしくない。つぎの本場所に万全の状態で臨むためにも、今回の巡業は残念ながら休養に充てたいのだ」

「嘘《うそ》をつくんじゃない。徹夜して眠たいだけだろう」

「ははは……図星だ。輪斗山、きみも近頃はなかなか推理の腕が上がってきたねえ。ぼくの薫陶のたまものかな」

「眠たいならバスのなかで寝ればいいじゃないか。きみは銅煎部屋唯一の三役力士だ。行く先々でファンが待っている。不参加なんて許されないぞ」

斜麓山は悲しげに笑って、

「ぼくが待っていてほしいのはファンじゃない。謎めいた事件さ」

「はあ?」

「移動、移動の巡業なんてどうせなにも起こらない。退屈なだけだ。きみがなんと言おうとぼくは行かないよ」

「春巡業は伊勢神宮《いせじんぐう》への奉納相撲《ずもう》から始まる。それに三役力士であるきみが参加しないと、銅煎親方も困るだろう」

「近頃、親方はぼくが品行方正にしているので気がゆるんでいるようだ。少し困らせてやればいいのさ」

私は困り果てた。斜麓山はときどきわざと無茶を言って私が困るのを楽しんでいるような節がある。一度言い出したら曲げない性格の彼は、私が土下座して懇願しても言うことは聞くまい。どうすればいいのか……。

そのとき私の頭にあることがひらめいた。

「斜麓、謎めいた事件が待ち受けていてほしい、と言ったね。じゃあ、もし魅力的な事件さえあれば巡業に行くかい？」

「武士に二言はない」

だれが武士だ。

「今回の巡業で、色紙《いろがみ》部屋の鬼天狗《おにてんぐ》関が特別な化粧まわしをつけて土俵入りするそうだ」

「襲名のときにスポンサー企業が作った、鬼がお茶漬けを食べてるやつじゃないのかい？」

斜麓山は興味なさそうに言った。鬼天狗はお茶漬け海苔《のり》のＣＭに出ているのだ。

「部屋に伝わる豪華絢爛《けんらん》な化粧まわしで、先代の鬼天狗が締めていたものらしい。具編海《ぐあむうみ》から出世名《しゅっせめい》の鬼天狗に改名した記念に、部屋から贈られることになったのだそうだ。なんでもたいへんな額のものらしくて、マスコミがさっそく話題にしているよ。鬼天狗関にとっては襲名後初の巡業だが、本場所ではスポンサーにもらったものを締めるだろうから、その化粧まわしは巡業でしか見られない。地方のお客さんも大喜び……というわけだ」

鬼天狗は色紙部屋に所属する力士で、グアム島出身である。高校卒業後、来日して角界入りし、慣れぬ環境で苦労を重ねたそうだが、初場所ではついに優勝を飾り、大関に昇進した。それと同時に、部屋の出世名である鬼天狗を襲名することになった。鬼天狗というのは昭和の名大関のひとりで、現在の色紙親方の父親に当たる。

「その話のどこに謎があるんだ。高くて豪華な化粧まわしなら、これまでにも三千万円というのがあったが、つまらんものだった。いいかね、輪斗山。化粧まわしというのは豪華に作ればいいというものじゃない。肝心なのはセンスさ。ぼくの化粧まわしを知っているだろう?」

「もちろんだとも。シャーロック・ホームズの絵だ」

「ただの絵じゃない。『ストランド・マガジン』における シドニー・パジェットの挿絵を原画に忠実に再現している。それも一八九三年六月号の『ライゲートの大地主』で、カニンガム親子がホームズに飛びかかってその首を絞めつけ、手首をねじり上げている場面さ」

そう……非常に物議をかもした、というか、今もかもしている化粧まわしなのだ。ほとんどの相撲ファンはその絵を見ても何のことだかわからない。ひと殺しをする場面など縁起が悪い、という銅煎親方の意見や、公序良俗に反するのではないか、という相撲協会の疑問には一切耳を貸さず、強引に作らせたのである。

「ああいうのが、センスのいい化粧まわしというのだ。ただただ高額な化粧まわしなんか、謎もロマンもないじゃないか」

「ところが、私が聞き込んだところによると、その化粧まわしには曰《いわ》く因縁があるというんだ」

「ほう……どんな因縁だね。それをつけて土俵入りをするとかならず勝つとか、そんなくだらないことじゃないだろうね」

「呪《のろ》われているのだそうだ」

それまで眠そうだった斜麓山の顔が引き締まった。

「どういうことだね」

「それに関わったものが不幸になったり、つけた力士が殺されたり、といった祟《たた》りに遭うらしい」

「輪斗山、ぼくは呪いだの祟りだのというような超自然的なことはまったく信じていないし、あらゆる現象は科学的に解明できると思っている。しかし、世間で言う呪いや祟りの裏側にはかならずなにかの真実が隠されているとも考えている」

食いついた、と私は思った。

「どうだね、斜麓。なかなか魅力的な謎じゃないかな」

「悪くはないが、まだわからんよ。もう少し詳しく聞かないとね。――鬼天狗関は、その化粧まわしの呪いのことを知っているのだろうか」

「色紙部屋の主だった関係者は知ってはいるようだが、若い力士などは今どき呪いなんて馬鹿馬鹿しい、と思っているようだ。鬼天狗関本人も、祟りなどあるわけがないと鼻で笑っているそうだよ。でも、古い相撲関係者は、またなにかあるんじゃないか、と戦々恐々らしい。銅煎親方もそのひとりだ」

「ふーむ、どうしてきみがそこまで知っているんだね」

「じつを言うと、以前、色紙親方と鬼天狗関がうちの部屋に大関昇進と襲名の挨拶に来たとき、銅煎親方と話しているのをたまたま立ち聞きした、というわけさ」

「そんなことだろうと思ったよ」

「銅煎親方は、『せっかくの襲名だ。危ねえ真似《まね》はしねえほうがいいんじゃねえのか。なにか起きてからじゃ遅いぜ』と説得していたけど、色紙親方は『わしの親父《おやじ》、先代鬼天狗の残した最高の遺産です。今作るとしたら一億じゃあきかないほど金がかかる代物で、話題性も十分にあります』と言って説得に応じようとしなかった。つまり、その化粧まわしを鬼天狗関に巡業でつけろと強く勧めたのは色紙親方なんだ。豪華な化粧まわしで襲名に箔《はく》を付けたいんだろう」

「なるほど、親方の意見は絶対だからね」

そんなことをつゆほども思っていないだろう斜麓山はそう言ってうなずいた。

「で、その呪いだが、どういういきさつでそんな噂《うわさ》が立つようになったんだい」

私は頭を掻《か》き、

「私が知っているのはそこまでなんだ。なにしろ情報の出どころは親方の会話の立ち聞きがすべてだからね。――どうだ、斜麓。巡業に行く気になったかい」

斜麓山はにやりと笑い、

「きみの魂胆はわかっているが、ここはひとつ、それに乗っておこう」

「すまない、斜麓」

「きみが謝ることはないさ。呪いの化粧まわしのせいでまた犠牲者が出るとしたら、それを防ぐのはぼくの役目だからね」

相撲を取るのがきみの役目だ、と言いたかったが、口には出さなかった。

◇

こうして斜麓山は巡業へと出発した。私も付け人として同行するのだ。バスのなかでは斜麓山は爆睡すると思いきや、銅煎親方の隣の席に座り、なんやかやと話しかけている。

「おめえが俺の横に座るなんてはじめてじゃねえか？　雨が降らないか心配《しんぺえ》だぜ」

「今日の巡業先の天気予報は、降水確率0パーセントです」

「そういう意味じゃねえ」

「親方におききしたいことがあるのです」

「おう、技のことか」

「いえ、化粧まわしです」

「なに？　そうか、おめえもようやくあの化粧まわしの絵柄が不祝儀だと気づいたか。よし、俺が新しいやつを手配してやる。どんなのがいい？」

「不祝儀？　とんでもありません。『ライゲートの大地主』のどこが不祝儀なんです？」

　雲行きが怪しくなってきたので私は口を挟んだ。

「親方、関取は鬼天狗関の化粧まわしのことをおっしゃっているのです」

「ああ、あのことか。――輪斗、おめえ、なんでそれを知ってるんだ」

「あ、いえいえ……小耳に挟んだだけです」

　斜麓山はずいと身を乗り出し、

「親方、その化粧まわしは呪われているそうですね。詳しく教えてほしいのですが」

　銅煎親方は斜麓山の思わぬ熱意に少し引き気味に、

「お、おう。俺の聞いてる話だとな……」

銅煎親方は缶コーヒーをひと口飲んでから話しはじめた。

「先代の鬼天狗関はめちゃくちゃ強かった。しかも、てえへんな人気力士でな、大関にまで上りつめ、綱獲《と》りも間違いねえと言われてたほどだ。同じぐれえ強くて人気があったのが極楽海《ごくらくうみ》っててえ大関でさ、このふたりの対戦はいつも五分だった。横綱よりも人気があったんじゃねえのかな。今から三十年ばかり前《めえ》のことだが、『鬼極時代』なんて呼ばれてたもんだ。鬼天狗は名前のとおりごつい身体《からだ》で顔つきもごつい。左まわしを取ったらちぎって土俵に投げつけるみてえな下手投げがすごかった。極楽海のほうは今でいうイケメンてえやつで、肌の色も白くてさ、女性ファンが多かった。手堅い相撲で星の取りこぼしがなかったな。小学生なんかは鬼天狗と極楽海のどっちが好きかで喧嘩《けんか》してたそうだぜ。相撲が強くなるには、ライバルが必要だってこったな。おめえもいいライバルを見つけて切磋《せっさ》琢磨《たくま》すりゃあ今に大関……」

「親方、私が知りたいのは化粧まわしのことなんです」

機嫌よくしゃべっていた銅煎親方は話の腰を折られて不機嫌そうに、

「わかってらい。今から言おうとしてたのよ。――銀座《ぎんざ》に『楢久《ならきゅう》』てえ老舗《しにせ》の鞄屋《かばんや》があってよ、そこの当主は代々楢屋久三郎《ならやきゅうざぶろう》を名乗ってたんだが、当時の久三郎がたいへんな鬼天狗贔屓《びいき》でね、いわゆるタニマチてえやつだ。どこに行くにも鬼天狗を連れていき、高級店で飲み食いさせて、最後はクラブで豪遊だ。そんな久三郎が、あるとき鬼天狗がつぎの場所で優勝したら祝いにとてつもねえ金額の化粧まわしを贈るって約束をしたのさ」

「とてつもない金額というのはどれぐらいです」

「久三郎は、これまでに作られた豪華な化粧まわしが足もとにも及ばねえ、いっとう高《たけ》えやつをこしらえると豪語したそうだ。西陣織《にしじんおり》の人間国宝が金糸、銀糸に金箔《きんぱく》、銀箔を惜しげもなく使って作ったものらしい。総額で一億とか言ってたな。当時の一億だからとんでもねえぜ」

「ほほう、そうですか。――で、その化粧まわしは実際に作られたのですか」

バスのなかでは、普段の巡業では無言で本を読んでいる斜麓山がいつになく積極的に銅煎親方に話しかけているので、ざわざわと驚きが広がってる。

「ああ、前代未聞のすげえ化粧まわしができあがった。鬼と天狗の顔が組み合わさっていて、光が当たるとそいつが浮かび上がって、たいへんな迫力だったなあ。久三郎はそれを色紙部屋に届け、満面の笑みでマスコミの取材に応じた。鼻高々だっただろうよ。ところがその直後、『楢久』の業績悪化が報道されたんだ。相撲道楽に金を使いすぎたんだな。そのせいで内情はずっと火の車だったらしいが、ワンマンの久三郎はそれを隠して会社の金を鬼天狗に注《つ》ぎ込んでたってえわけさ」

「タニマチもたいへんですね」

「久三郎は行き方《ゆがた》知れずになり、三日後に死体が隅田川《すみだがわ》に上がった。番頭をはじめ社員たちは色紙部屋に行き、鬼天狗に頭を下げて、化粧まわしを返してほしいと訴えたそうだ。一億の金があれば、なんとか倒産を免れることができるってんで、畳にデコをすりつけて頼んだそうだが、鬼天狗は、一度もらったものは返すわけにはいかねえ、それが罷《まか》り通れば、相撲取りはいつもタニマチの懐具合を気にしてなきゃならねえ、と言って返還に応じなかったんだなあ」

「なるほど」

「経理が調べてみると、いつのまにか土地も建物も商品もなにもかも抵当に入ってた。銀行も担保がなきゃあ貸してくれねえ。結局、明治初期から続いた老舗もとうとう潰《つぶ》れちまってなあ、家族も従業員もちりぢりばらばらになっちまった。だが、鬼天狗はそういう世評は気にせず、その化粧まわしをつけて土俵入りをしたらしい。——とまあ、それがことの発端よ。自殺した久三郎やその家族、社員たちが、化粧まわしの呪いの最初の犠牲者と言えるかもしれねえ」

「つぎの犠牲者はだれです」

「おめえ……本当に知らねえのか」

「なにがです」

「おめえも相撲取りだろう。そのくれえのことは耳に入《へえ》ってねえのかよ」

「まったく入っておりません。私が角界入りするよりかなりまえのことでしょうから」

「だとしてもさ、相当話題になった事件なんだ。相撲ファンなら大概《てえげえ》知ってるぜ」

「私は相撲ファンじゃありませんから。話の続きをお願いします」

「まあ、いいや。——鬼天狗の人気はすごかった。ライバルの極楽海との勝負にファンは一喜一憂したもんだ。怪力無双で豪快な鬼天狗と細やかな技できっちり取る極楽海の対比が良かったんだろう。優勝決定戦でふたりが土俵に上がったら、たいへんな声援が東西から飛んで、行司の声なんざ聞こえなかったもんだ。ふたりは私生活でも張り合っていて、鬼天狗がベンツを買ったら極楽海はＢＭＷを買う、鬼天狗がクラブで百万使ったら極楽海は二百万使う、鬼天狗が別荘を買ったら極楽海はクルーザーを買う……。とにかくなんでもいいから相手よりうえに行かなきゃ気がすまないってわけだ。といっても本当はそれぞれのタニマチが出してたわけだろうけどよ」

「でしょうね」

「けど、極楽海がどうしても鬼天狗に勝てなかったのが、例の化粧まわしよ。鬼天狗が一億の化粧まわしをもらったから、じゃあ俺も……とはさすがにいかなかった」

「久三郎氏が命と引き換えに贈ったものですからね」

「極楽海も、極楽浄土の様子を表した三千万ぐらいする化粧まわしをつけてはいたんだが、一億にははるかに及ばねえ。土俵入りのとき、鬼天狗はさぞ得意だったろうぜ」

「犠牲者はだれなんです」

「ははは……まだまだ伊勢は遠いぜ。ゆっくり聞けよ」

銅煎親方は、三本目の缶コーヒーを飲み干した。

「はあ……」

「化粧まわしの値段のせいでもあるめえが、鬼天狗と極楽海のあいだに少しずつ差ができていったのさ……」

　銅煎親方によると、その化粧まわしをつけて以来鬼天狗は連戦連勝、横綱ふたりも撃破してとうとう十三勝二敗で優勝した。ところが、極楽海は腰を痛めて途中休場してしまい、来場所負け越せば大関陥落だ。いつも五分だったふたりの力士だが、なんとなく明暗がはっきりしはじめた。負けはじめるとファンも贔屓も離れていく。カド番の極楽海はここでなんとしても大関にとどまり、巻き返しをはからねばならなかった。

　そして、翌場所は九州場所だった。快進撃を続ける鬼天狗は、横綱ふたりとともに優勝争いに残っていた。ここで優勝すれば横綱も見えてくる。一方、休場明けで本調子でない極楽海は五勝七敗と黒星先行で、あと一番で負け越しが決まると大関陥落という崖《がけ》っぷちに立たされていた。そんなふたりが十三日目に顔を合わせることとなった。今からちょうど三十年前のことである。

「長年のライバル同士だし、片方は負ければ陥落だ。さぞかしすごい勝負になった……と思うだろ」

「いえ」

「どうしてでえ」

「すごい勝負になったと思うだろう、とたずねるということは、すごい勝負にはならなかった、ということでしょう」

銅煎親方は鼻白んで、

「ま、そういうことだが……」

「あっけなく勝敗がついた、ということですか」

「ちがう。鬼天狗は土俵に上がれなかった」

「どういうことです」

「宿泊先のホテルの部屋で殺されていたのよ」

「ほう……」

斜麓山は眉《まゆ》ひとつ動かさなかった。

「正確には、死にかけていたところを発見された、てえところかな。そのころ九州場所だと色紙部屋は博多《はかた》のなんとかいう寺に泊まっていたそうだ。大関の鬼天狗は個室を与えられていた」

地方場所では、各部屋は懇意にしている寺や神社などを宿泊先とすることが多い。図体《ずうたい》の大きな連中が大勢いるし、稽古のための土俵も設けなくてはならないからだ。相撲好きの住職や宮司が地方場所のあいだだけ施設を提供してくれるのだ。

「ところが、十二日目の取組が終わったあと、鬼天狗は急に、今晩だけホテルにひとりで泊まりたいと言い出したらしいんだ」

優勝に向けてこのあと三日間どういう相撲を取るかを、ひとりでじっくり考えたい、との理由だった。大関の言うことだから、と親方もそれを許可した。鬼天狗は部屋でちゃんこを食べたあと、付け人とともに近くにあるホテルにチェックインした。朝稽古には間に合うように寺に戻るから、と言って付け人を帰してしまい、鬼天狗は部屋に入った。

「朝、関取衆の稽古の時間になっても大関が寺に来ねえから、付け人がホテルまで行ったがチェックアウトした様子はねえ。まだ寝てるのかとドアをいくら叩いても返事がねえ。たまたま通りがかったホテルの従業員に持っていた合鍵でドアを開けてもらうと、鬼天狗がベッドのうえに仰向《あおむ》けに寝ていて、額から血を流してたそうだ。付け人が『なにがあったんです！』と声をかけると、たった一言、『まだらのまわし』……そう言って息絶えたらしい」

「なんですって！」

斜麓山が大声を出したので、銅煎親方はびくっとして、

「な、なんでえ、急にでけえ声出しやがって」

「これが驚かずにいられますか。『まだらのまわし』ですよ」

「それがどうした」

「ホームズです。案件です」

銅煎親方は私のほうを見て、

「こいつ、なに言ってやがるんだ」

「さあ……」

斜麓山は興奮のあまり両手を振り回して、

「知らないのですか、『まだらの紐《ひも》』を……」

「知らねえ」

斜麓山はため息をつき、

「名作中の名作なんですけどね……。それからどうなりました？」

「鬼天狗の横には、例の化粧まわしが置いてあったらしい。どうしてホテルに持っていったのかはわからねえ。夜中に眺めていたとも思えねえが……」

「犯人はだれだったのです」

「それが、結局わからずじまいだったんだ。警察も間抜けじゃあねえか。指紋だとか足跡だとかいろいろ調べりゃあ見当ぐらいつきそうなもんだろ」

「警察というのは日本警察でもスコットランドヤードでもたいがい間抜けなものです」

「スットコドッコイ？」

「いえ、忘れてください。――部屋は密室だったのですね？」

「窓も内側から鍵がかかっていたらしい」

「それはすばらしい。――部屋と部屋のあいだに通気孔と呼び鈴を鳴らすための紐なんかはなかったでしょうね」

「そんなこと俺が知るかよ！」

「死因はなんです？」

「頭をカチ割られたからだとさ。なにか硬いもので殴られたんだろう。凶器は見つからなかった」

「なぜ鬼天狗関は『まだらのまわし』と言ったのでしょう」

「わかんねえ。相撲取りの締め込みは一色と決まってるから、一本のまわしに何色も使ったり、ましてや模様が入ってたりするものはねえ。まだら模様のまわしなんてえものはねえんだよ」

「化粧まわしのことかもしれません」

「ところが、当時、まだら模様の化粧まわしをつけてるやつはいなかったのよ」

「ふーむ……」

斜麓山はしばらく考え込んだあと、

「犯人は捕まらなかったとはいえ、容疑をかけられたものもいなかったのですか。だれもが思うのは、ライバルの極楽海関が怪しい……ということではないかと思いますが」

「真っ先に警察はそれを疑ったみてえだが、極楽海の泊まってる宿舎はかなり遠いし、アリバイってえのが成立したとかで容疑は晴れた。極楽海と同じ部屋の力士たちも調べられたが、みんな潔白だったそうだ」

「極楽海の熱狂的なファンがやったのかもしれませんよ。翌日の一番で極楽海が鬼天狗に敗れれば大関陥落ですから」

「だとしても、鬼天狗がその日だけ宿舎じゃなくてホテルに泊まってるなんてわからねえだろう。疑いは色紙親方や色紙部屋の力士、呼び出し、行司、床山《とこやま》、それに寺の坊主たちにまで向けられたが、そいつらにゃあ鬼天狗を殺す動機がねえ。部屋の出世頭が死んで損をするのは自分たちだからな。——おい、輪斗！　缶コーヒーもう一本くれ」

「もう、ありません」

私が言うと、

「つぎの休憩のときに買ってこい。忘れるなよ」

「はいっ」

私は、親方の糖分の摂《と》りすぎを心配したが、斜麓山は気にも留めていないようで、

「事件は迷宮入りになったわけですね」

「名球会入り？　あれは相撲じゃなくて野球だろう」

「そうじゃありません。犯人がわからないままうやむやになった、ということです」

「そういうこった」

「三つほど質問があります。ひとつは、そのホテルには、まだら模様のスカーフをつけた外国のひとたちが宿泊していませんでしたか？」

「はあ？　なに言ってやがるんだ？」

「これは冗談ですから笑うところです」

「おめえの冗談はさっぱりわからねえ」

「ホテルの支配人はインドから帰ってきたばかりじゃないでしょうね」

「インド？　なんのこった」

「これも笑うところです。あとひとつ、おききします。鬼天狗関は、寺でも個室を与えられていたのに、どうしてホテルに泊まると言い出したんでしょうか」

「警察にわからなかったもんが俺にわかるわけねえだろ」

「それはそうですね」

斜麓山はあっさりと認め、

「その後はどうなったのです」

「つぎの日の一番は極楽海の不戦勝になったが、残りの二日が黒星で、結局、大関を陥落しちまった」

「ほう……」

「鬼天狗が殺されたのは、自殺した楢屋久三郎の祟りだろう、と言い出した連中がいた。色紙部屋ではそういうデマを打ち消すのに必死だったが、先代の色紙親方もビビッちまったみたいで化粧まわしを自分の部屋の金庫に入れて封印した。そのすぐあとに親方は死んだ」

「殺されたのですか」

「まさか。心臓発作かなんかだが、これもまた呪いだ祟りだと言ってるやつらがいたなあ」

鬼天狗と色紙親方が相次いで亡くなって、部屋の中枢を欠いた色紙部屋は良い弟子も集まらなくなってしまった。色紙親方にはこどもがいなかったので、部屋付きの親方だった千代紙《ちよがみ》親方に色紙を継がせて部屋を存続させたが、なかなか幕内力士を生み出すことができず、部屋はさびれる一方だった。気がついたら、残っているのは、鬼天狗の後輩で十両と幕下を行ったり来たりしている数人の力士だけになっていた。元千代紙親方の色紙親方も病気がちで弟子に稽古をつけられる状態ではなかった。

大関を陥落した極楽海も、翌場所十勝することができず、ずるずると番付を下げていき、それにつれて人気も落ちていった。ライバルの鬼天狗が悲惨な最期を迎えたせいか、話題にのぼることもなくなり、ひと知れず引退してちゃんこ屋を営んだが、その開店当日に自動車事故で死んだという。奇《く》しくも、鬼天狗が殺されたのと同じ日だった。

「それも呪いのせいだって言うやつもいたな。――そんなこんなで、あの化粧まわしにゃあ関わらねえほうがいいってのが、暗黙の了解になったんだな。でも、そのことを知ってるのは当時からいる古い相撲関係者だけで、相撲ファンにもマスコミにもそれほど知られてはいねえ」

「かっこうのネタにされますからね」

「俺も、呪いだのなんだのは信じねえほうだが、頭にちょん髷《まげ》載せて、裸で土俵に上がってる俺たち相撲取りは古い伝統のなかに生きている。縁起を担いだり、土俵に神饌《しんせん》を埋めたりするのは、呪いや祟りを信じる心と紙一重だ。昔から言われてることにはなにかわけがあるかもしれねえから、うかつなことをしねえほうがいいと俺は思うがね」

「一理ありますね」

「今回のことでも、俺は色紙さんに、鬼天狗の化粧まわしをつけさせるのはやめたほうがいい、と言ったんだが、一度言い出したら聞かねえんだ」

「今の色紙親方は、先代鬼天狗関の息子さんだそうですね」

「部屋がさびれているころ、鬼天狗の息子の金蔵《きんぞう》は中学を出てすぐに角界入りして、めきめき頭角を現した。二十歳《はたち》で小結になったが、二十五歳のときに大怪我《おおけが》をして引退し、病身の先代に代わって色紙部屋を継いだんだ。本当は自分が鬼天狗を名乗りたかっただろうが、思わぬ引退で果たせなかった。

鬼天狗の息子の決意はなみなみならぬものだった。部屋を盛り上げるためならどんな努力も惜しまなかった。先代鬼天狗の時代から残って色紙部屋を支えている縁の下の力持ち的なベテラン力士や行司たちと一丸となって、なんとかして父親が人気を博していたころのような活気を取り戻そうと、学校の相撲部を回り、海外にも自分から何度もスカウトに赴き、その結果、ついに「当たり」を引いた。グアム島出身のアメフト選手フランク・ボスコという若者を弟子にしたのだが、具編海という四股名《しこな》をつけた彼は肉体的な素質に恵まれていたうえ、相撲勘も良く、たちまち番付を駆け上った。

もちろん順風満帆だったわけではない。ボスコは慣れぬ日本の地でたいへんな苦労をしたらしい。まず、日本語がわからない。日本食が口に合わない。家族と離れての異国暮らしで頼れる相手がいない。日本の伝統だとかしきたりだとかが理解できない。日本人にグアムの伝統やしきたりがわからないのと同じだ。親方、先輩との上下関係、裸でひとまえに出る恥ずかしさなどといったさまざまなストレスから、部屋を脱走したり、酒に逃げたり、後輩に八つ当たりしたりしたこともあった。しかし、そのたびに天狗鼻《てんぐばな》という古参力士がとりなしてくれたおかげで、辞めずにすんだ。

そして、ようやく日本食にも相撲の世界にも慣れたころから、具編海の快進撃が始まった。一度小結から前頭に落ちた以外はまったく足踏みすることなく順調に出世し、毎場所優勝争いにからむようになった。今年の初場所はついに優勝を飾り、大関に昇進したのだ。色紙親方の喜びはひとかたならぬもので、昇進の記者会見では当の具編海よりもはしゃいでいたほどだ。これでやっと父親に顔向けができるようになった……そう思ったのだろう、会見の席上、具編海に部屋の出世名であり自分の父親の四股名でもあった鬼天狗を襲名させる、と発表したのである。迎えた大阪場所、鬼天狗の名でのはじめての成績は、あと一歩のところで優勝こそ逃したが、十三勝二敗で上々だった。鬼天狗時代の幕が開いた、とだれもが思っただろう。色紙親方はそれに花を添えようとして、三十年ぶりに例の化粧まわしを持ち出したのであった。

「当の鬼天狗は化粧まわしの呪いのことは知ってるのですか」

「さあ、そこまでは俺も聞いてねえ。ただ、鬼天狗は、この巡業のあと結婚することが決まってるそうだ。昇進、襲名に結婚で、三重にめでたいてえわけだ。そんなときに呪いだのなんだので水を差すようなことは、色紙としては避けてえだろうな」

バスがサービスエリアに入った。私は銅煎親方に、

「缶コーヒーは何本ほど買いましょうか」

「おめえに任せる」

こういうのが一番困るのだ。私は早足で自動販売機のところに行き、親方の好きそうな銘柄の缶コーヒーをいろいろ取り混ぜて六本買った。バスに戻ると、銅煎親方はいびきをかいて寝ていた。ほかの力士たちは、と見渡すと、ヘッドホンをつけて音楽を聴いているものや、お菓子を食べているものもちらほらいるが、たいがいは眠っている。私が自分の席に座ると、斜麓山が隣に来て小声で言った。

「輪斗山、とても興味深い謎だね。ぼくは、この事件を扱うことにするよ」

だれも依頼などしていない。

「親方の話を整理すると、化粧まわしの贈り主が死んだのは商売が左前になったための自殺だ。先代色紙親方が死んだのは病気のせいだ。極楽海が死んだのは自動車事故だ。とすると、事件性があるのは、先代鬼天狗がホテルの一室で殺された件だけなのだ」

「なるほど。で、その犯人はわかったのかい」

「なんとなく目星はついた」

私は驚いた。

「親方の話を聞いただけで目星がつくなんてすごいじゃないか！　私も一緒に聞いていたのに、まるでわからなかったよ」

「きみとぼくの差がわかるかい？　ここだよ」

斜麓山は自分の頭を指差した。

「探偵ならば、さっきの話のなかにいろいろなヒントが隠されていたことに気づかねばならない。きみもぼくの助手ならば、証言は、もっと注意深く聞きたまえ」

「ぼくは付け人であって助手じゃない。それに、きみは探偵ではない」

「探偵さ。相撲取りというのは仮の姿なのだ。ぼくはこの巡業中にかならず事件を解決してみせる」

そんなことより、巡業中は稽古に励むべきだと思ったが、もちろん口には出さない。

「巡業先に着いたら、さっそく色紙部屋を訪ねようと思っている。きみも一緒に来たまえ」

「え？　なにをするつもりだね」

「色紙親方や鬼天狗関を問いただすのだ。当事者から直接話をきくのは探偵の基本だろう」

そんなことはしないほうがいい、と私は思った。

◇

伊勢神宮に着いてバスから降り、長旅でこわばった身体をほぐしていると、斜麓山が来た。

「なにをしているんだ、輪斗山。行くぞ」

「どこへだね」

「言っただろう、色紙親方のところだ」

「え？　もう？」

思わず私は素に戻って言った。

「まだ、部屋に荷物を運んでもいないし、向こうもばたばたしている最中だろう。やめたほうがいい」

「やめるつもりはない。ぼくには謎を解く義務がある」

「ならば、せめてもう少しあとにしてほしい。そのほうがゆっくりと話が聞けるはずだ」

私はいろいろと説得して、なんとか斜麓山を宿泊施設の部屋に入れた。春巡業は、伊勢神宮での「奉納相撲」で幕を開ける。これは普通の巡業とちがって神事としての側面もある。ホテルに分宿ではなく、全員が神宮会館という施設に宿泊するので、話を聞くにはたしかに好都合ではある。

夕食のあと、私が明日の本番のための準備をしていると、しびれを切らしたらしい斜麓山がふたたびやってきて、

「輪斗山……！」

しかたない。私は立ち上がり、

「親方に許可を得てから行こう」

「なにを言っているのだ。そんなことをしたら、よその部屋のことにおまえが口を出すな、俺の身にもなれ、と制止されるに決まっているだろう。こっそり行けばいい」

「でも、どうせあとでバレるだろう」

「そのときはそのときだ」

　私たちは階下の、色紙部屋の力士たちが宿泊しているところに向かった。まず、色紙親方の部屋をたずねようとしたとき、

「だれが鬼天狗に呪いのことを話したんだ！」

という怒鳴り声が聞こえた。見ると、和室の扉が開いていて、色紙親方が五、六人の弟子や呼び出し、行司たちをまえに顔を朱に染めて怒っている。親方のすぐ後ろには鬼天狗が座っている。

「そういうくだらないことをこいつの耳にいれないよう、俺がどれだけ骨折ってきたかわかってるのか、馬鹿！　どいつがチクったんだ！」

　弟子たちは皆下を向き、小さくかぶりを振っている。色紙親方は舌打ちをして、鬼天狗に向き直り、

「じゃあわかった。直《じか》にきこう。――鬼天狗、おまえにあの化粧まわしが呪われてるって吹き込んだやつはだれなんだ」

　鬼天狗は硬い表情で黙っている。

「そうか、だれかをかばってるんだな。だが、これだけは言っておく。そんなものはただの迷信だ。わかるか？　迷信というのはな……」

「スーパースティション、ですね。わかります」

　鬼天狗は言った。

「私、だれもかばっていません。なんとなく耳にしただけ。化粧まわしをつけたら不幸になる……そんなことありません。私、気にしない。明日から巡業のあいだ、あの化粧まわしをつけて土俵入りします」

「ならいいんだが……」

　斜麓山はその場に入っていった。

「ん……？　斜麓山じゃないか。今、取り込み中でな、用があるならあとにしてくれ」

「ところがまさに今親方がおっしゃっている化粧まわしのことについておききしたいのですよ。ちょっといいですか」

　そう言いながら斜麓山がずかずかと上がり込んだので、私もしかたなくあとに続いた。色紙親方は憮然《ぶぜん》として、

「鬼天狗の化粧まわしになにか文句でもあるのか」

「いえいえ、とんでもない。すばらしい化粧まわしだとうちの部屋でも話題になっているので、どんなものか拝見したいと思いまして」

今朝まで知らなかったくせに、と私は思った。

「そ、そうかい。――こいつなんだ。見てくれ」

色紙親方は、部屋の奥に置いてある化粧まわしを指差した。聞いていたとおり、鬼と天狗の顔をデザインした見事な刺繡《ししゅう》がほどこされており、平面なのに立体的に見える。私にも名品であることがわかるほどのすばらしさだった。斜麓山はそれをしげしげと見つめ、

「なるほど……聞きしに勝る名品ですね。目の保養をさせていただきました。聞くところではかなりの金額だそうで、それを受け継ぐ鬼天狗関にとっては不幸どころかたいへんな幸運と言えますね」

「そうなんだ。どこぞの馬鹿がまたぞろつまらない話を蒸し返してるようだが、あんたのように言ってもらえると助かるよ。マスコミには取り上げてほしいが、祟りだのなんだのはせっかくの襲名に水を差すだろ？」

「そのとおりですね。――親方は、鬼天狗関にはこの化粧まわしの呪いのことは説明していなかったようですが、それはなぜですか」

「俺はな、こいつが化粧まわしをつけるのを嫌がるんじゃないかと思って言わなかったんだが、どうやら杞憂《きゆう》だったようだ。相撲取りは縁起を担ぐから、不幸な

目に遭うようなものは身につけたくないと言うんじゃないか、となあ。でも、鬼天狗は明日の奉納の揃《そろ》い踏《ぶ》みから、これをつけてくれると言っている」

　それまで黙っていた鬼天狗が、

「アイ・ライク・ディス・化粧まわし。マイ・アイランド、グアムでもいろいろなスーパースティションありました。でも、今はサイエンスの時代。私は……えーと、もののネガティヴな面ではなくポジティヴな面を見るようにしています。この化粧まわしつけるとアンラッキーなこと起こるとは思わない。それ、四つ葉のクローバーや星占いと一緒。非科学的です」

　当代の鬼天狗は出世が早かったので、まだ日本語に堪能《たんのう》ではないようだ。斜麓山は色紙親方に、

「不躾《ぶしつけ》ですが、三十年まえ、あなたのお父上である先代鬼天狗関が亡くなったときのことを覚えておられますか」

　私はドキッとした。本当に不躾である。しかし、色紙親方は不快に思った様子はなく、

「俺はまだ小学校低学年だったからなにも覚えちゃいないよ」

「犯人はだれだと思いますか」

「さあねえ……。いろんなひとからいろんな意見も聞いたが、俺は極楽海がやったんじゃないかと今でも思っている」

「極楽海関や関係者にはアリバイがあったそうですし、先代鬼天狗関は急にホテルに泊まったとか……」

「そうらしい。けど、親父を殺したいほど恨んでいたやつって考えると、極楽海以外にはいないんだよ。親父がその日、急にホテルを取ったのも、身の危険を感じたからじゃないかな。アリバイのことは、ほら、推理小説みたいになにかトリックを使ってうまいことやったんだと思うんだ」

「でも、当の極楽海関が亡くなっているので、直接きくわけにもいきませんね」

「そうなんだよ。だから、俺はもう犯人探しはあきらめた。いまさらそんなことをしても親父は喜ばないだろう。今の鬼天狗を盛り上げて横綱にすることのほうが、先代への供養になると思う」

「なるほど……。でも、もし私がお父上を殺した犯人をつきとめたとしたらどうします？」

「そりゃ聞きたいが……つきとめるっておまえ、そんなことできるわけないだろ」

「できますとも。私は、探偵ですから」

「は……？」

色紙親方がいぶかしそうな顔つきになったので、

「斜麓関、もう行きましょう。鬼天狗関の明日の支度もあるでしょうから」

斜麓山はしぶしぶ立ち上がり、鬼天狗に向かって、

「鬼関、日本のことわざに『念には念を入れよ』というのがあります。用心するにこしたことはない、という意味です。化粧まわしをつけたぐらいでなにも起こらないとは思いますが、十分注意だけはしてください」

「ははは……サンキュー！　でも、ノー・プロブレム。アイ・ワズ・ボーン・アンダー・ラッキー・スター」

部屋を出た斜麓山は、腕組みをして廊下を無言で歩いていく。私はついていきながら、

「どうしてあんなことを言ったんだね、斜麓」

「あんなこととは？」

「用心するにこしたことはない、とか、十分注意しろ、とか……。やはりあの化粧まわしには呪いがかけられているのかね」

「そうではないが……現物を見ると少し気になることがあってね。注意をうながしておこうと思っただけだ」

「なにが気になったんだい」

「それは……ぼくの杞憂かもしれないから今は黙っておくよ」

「それにしても、聞きしに勝るすばらしい化粧まわしだったね。あまりに豪華で驚いたよ。一緒に土俵入りをする横綱の化粧まわしが色褪《あ》せて見えないかと心配になるね。きみもそう思わないかね」

斜麓山はそれには答えず、

「そんなことより、さっきいた色紙部屋の力士たちだが、見慣れない顔があったね。いちばん後ろに座っていた年配の力士はだれだい」

「ああ、天狗鼻《てんぐはな》さんか」

「かなりの年齢だと思ったが、髷を結っていたから世話人や若者頭《わかいものがしら》じゃないんだね？」

「現役だよ。もう長いこと色紙部屋にいる。自己最高位が十両で、今は幕下だから、きみが知らないのも無理はない。私は土俵で顔を合わせたりするからね。――たしかもう四十半ばのはずだが……彼がどうかしたかい」

「気のせいかもしれないが、ぼくが先代鬼天狗を殺した犯人をつきとめる、と言ったら、こちらをキッとにらんで、身体をまえに乗り出したように思えたんだ。ほんの一瞬だけだがね」

「先代鬼天狗が存命だったころからこの部屋にいる古参の力士だ。相撲取りとしては振るわなかったので、本来はとうに引退していてもおかしくないが、色紙部屋が低迷していたときも辞めずに部屋を支えた功があるから、親方も置いているのだろう。きみをにらんだのは、おそらく生前の先代鬼天狗関を知っているから、犯人がだれなのかひと一倍興味があるんじゃないかな」

「そうかもしれんね」

斜麓山はそっけなく言うと、部屋に戻り、持参した推理小説を読みはじめた。

◇

翌日は巡業の初日である。神官を先頭に、行司、呼び出し、露払い、そして、横綱や三役力士たちがしずしずと橋を渡って内宮神苑《ないくうしんえん》に入り、土俵入りを奉納する。ファンに交じって大勢のマスコミが取材に来ていたが、鬼天狗の化粧まわしはかなりの話題を集めていた。その後、相撲場で幕内力士によるトーナメント戦が行われたが、優勝はなんと鬼天狗だった。

「化粧まわし効果だな」

と準優勝だった横綱から冷やかされているのを私も見た。われらが斜麓山は二回戦で敗退した。

巡業は、基本的には毎日行われる。午前八時頃に開場し、午後三時頃に打ち出し（終了）すると、すぐに力士たちはバスに乗り込み、つぎの巡業先に向かう。朝が早いので前日に現地入りしておかなければならないからだ。これが一カ月続くのだから、なかなか過酷なスケジュールである。親方や呼び出したちは手わけして各巡業先に一週間ぐらいまえから乗り込み、入念に事前準備をしている。

二日目、三日目、四日目……となにごともなく過ぎた。親方衆や人気力士たちは、夜は夜で勧進元や地元のファンたちとの付き合いがあるので、眠りが足りず、どうしてもバスのなかで寝ることになる。日を追うにしたがって、いびきの量が増してきた。しかし、斜麓山は（けっこうな人気力士のはずなのに）親方がいくらうながしても、そういう場には出ようとしない。部屋でずっと読書をしている。

五日目の早朝、まだ暗いうちから起きた私は稽古まわしを締めた。前日の泊まりは古い旅館で、温泉もついている。

巡業の目的は、もちろん地方の相撲ファンに生の相撲に触れてもらうことだが、力士たちにとっては稽古の場でもある。普段は出稽古のとき以外は接することがない他の部屋の力士と稽古ができる。うまくいけば横綱や大関の胸を借りることができるかもしれない。巡業で手抜きをせずに稽古を積んだ力士は強くなる。つぎの本場所での成績に直結するので、皆、真剣だ。我々下っ端も、忙しい用事の合間に稽古に精を出す。まわり中がライバルなのだ。私ももちろん早朝から稽古を……。

「輪斗山！　輪斗山！」

斜麓山の声が聞こえたので部屋に行く。彼は、ドアを半開きにして顔を出していた。

「きみにしてはえらく早起きだね」

私が皮肉を言うと、斜麓山は欠伸《あくび》をしながら、

「急に思いついたことがあるんだ。悪いが、きみのパソコンかスマホを貸してくれないか。調べものをしたいんだ」

「スマホも持ってこなかったのかい」

「あわてて荷造りしたからね、充電中だったのを忘れていた」

私がスマホを渡すと、斜麓山はなにやら検索していたが、

「うーむ……やはりそうか。これはもしかしたら……」

そのとき、廊下をばたばたと走ってくる足音がした。見ると、色紙部屋の若い力士だ。

「なにかあったのですか」

私がたずねると、その力士はひきつった顔で、

「鬼天狗関が怪我をした！」

斜麓山はきりっとした表情になると、

「行くぞ、輪斗山！」

◇

さいわい鬼天狗の怪我はたいしたことはなかった。右膝《ひざ》をすりむいただけで、相撲を取るのに支障ないらしい。本人と付け人の話によると、早朝、風呂に入りたいと言い出した鬼天狗を付け人が大浴場まで案内していると、途中で暗い階段

があった。鬼天狗が先に立ち、付け人はそのすぐ後ろを歩いていたのだが、付け人が急に階段を踏み外し、まえにいる鬼天狗に倒れかかった。付け人がかなりの巨漢力士だったせいもあり、鬼天狗もバランスを崩し、階段から落ちた。そのうえに付け人がのしかかる形になったため、鬼天狗は床で膝をすりむいてしまった……という経緯らしいが、斜麓山はどうしても詳しく話がききたい、と言って、色紙部屋に押しかけた。さすがに色紙親方も苛立《いらだ》ちを隠せぬ表情で、

「斜麓山、おまえ、どうしてよその部屋の内輪に首突っ込むんだ。たいしたことじゃないんだからほっといてくれ」

「たいしたことではないかどうか、鬼関ではなく、少し付け人さんにお話をききたいのです」

「鬼天狗のストレスになる」

当の鬼天狗はにこにこ顔で、

「私は気になりません。付け人にでも私にでも、なんでも質問ＯＫです」

やむなく色紙親方は渋い顔ながら、

「おい、鬼瓦《おにがわら》……」

若い力士を呼んだ。

「斜麓山がおまえにききたいことがあるそうだ」

「はい……」

斜麓山は進み出ると、

「あなたは階段を踏み外したそうですが、間違いありませんか」

「間違いありません。――ですが……」

「ですが？」

「暗くてわかりにくかったのですが、後ろからだれかに押されたような気がして……」

色紙親方が、

「おい、うかつなことを言うんじゃない！」

「う、嘘《うそ》じゃないんです。ほんとに……後ろから……」

「たしかめたのか？　人影でも見たのか」

「いえ……それは……」

「じゃあ黙ってることだな。火のないところにでもマスコミが煙を立たせる世のなかだ」

そのとき、天狗鼻という力士が、

「親方……やっぱり呪いは本当にあるんじゃないでしょうか。今日は右膝だけですみましたが、明日は土俵で大怪我……なんてことになったら取り返しがつきません。鬼関はうちの部屋の宝です。念のため、今日からあの化粧まわしをつけるのはやめさせたほうが……」

「おまえは口を出すな」

「私は、鬼天狗関のことを思って……」

「わかってる。だが、俺には俺の考えがある。親父《おやじ》のころからの古参かもしれないが、ここは黙っててもらおう」

天狗鼻は下を向いた。鬼天狗があわてて、

「親方、天狗鼻さんを叱《しか》らないでください。このひと、私がつらかったとき、悲しかったとき、いつも助けてくれた。今の私があるのは、天狗鼻さんのおかげです。私の尊敬するひと。今も私を心配してくれました。プリーズ・ドント・スコルド・ヒム」

天狗鼻は、

「いいんだよ、鬼関。俺が出すぎたことを言ったからだ」

色紙親方は斜麓山にも、

「おまえも妙な噂《うわさ》を立てないでくれよ。鬼天狗は本当に大事な時期なんだ。昇進、襲名、結婚……とめでたいことが続いている。つぎは綱獲《と》りだ。俺と親父が果たせなかった夢をこいつが叶《かな》えてくれようとしてる。親父の化粧まわしをこいつに継がせることが、俺と親父にできる最大の祝いなんだ。波風立てるつもりなら、たとえ三役力士でもただじゃおかないぜ」

「ははは……そんなつもりはありません。鬼天狗関の祝儀事が無事すむように願う気持ちは、親方も私も、そちらの天狗鼻さんも同じでしょう。ただ、皆さんとちがうのは……私は真実を知りたいのです」

「俺だって真実を知りたいね」

色紙親方がそう言うと、天狗鼻もうなずいて、

「もちろん俺もです」

斜麓山は、

「真実は目のまえにあっても見えないことが往々にしてあるのです。鬼天狗関にはくれぐれも気をつけるようにお伝えください。——輪斗山、行こうか」

私は、斜麓山とともにその場を離れた。

「斜麓、鬼天狗関は危険な状態なのか?」

歩きながら私がそう話しかけると、

「わからない。ただ……緊張感の高まりは感じるよ」

「じゃあ、さっきの件はやっぱり事故じゃなくて……」

「おそらくはね。だが、怪我をさせるのが目的ではなく、化粧まわしの祟りを強調するための脅しだろう」

「だれがそんなことを……」

「疑わしいものは何人かいるが、特定するにはもう少し調べなければならない。もうしばらくスマホを借りるよ」

「ダ、ダメだよ、斜麓。親方や部屋の先輩たち、相撲協会のスタッフからいつどんな連絡が来るかわからない。スマホは付け人には必須なんだ。それに、もう会場に行かねばならない時間だ」

「会場になんか行かないよ。相撲より調査や推理が優先だ」

「相撲が優先だよ。きみを見ようとして待っているお客さんが大勢いるんだ。相撲を取るのは相撲取りの義務だぞ」

「あれだけ大勢相撲を取るんだから、ぼくひとりぐらいいなくてもわからないさ」

「ダメだ。早く支度してくれ。――頼む」

「相撲なんか取っている場合じゃないというのに……ああ、時間が欲しい」

斜麓山はため息をついたが、本当にため息をつきたいのは私だった。

◇

三時に打ち出しになり、我々はまたバスに乗り込んだ。斜麓山はいちばん後部の席に陣取ると私のスマホで熱心に調べものをしたり、どこかに電話を掛けたりしているようだ。困るのは、ときどきどこかから電話がかかってきたりしても、自分に関係のない相手だといきなり切ってしまうことだ。おかげで今夜のホテルの部屋の割り振りの変更とかの連絡事項が伝えられなかった、とあとで協会のひとにすごく叱られた。

その日の宿泊は、いくつかのホテルに分かれることになった。我々銅煎部屋は、たまたま色紙部屋と同じホテルだった。三役以上の力士は、ほかの力士よりもグレードの高い部屋が与えられる。鬼天狗や斜麓山は最上階にある特別室だ。三役以上の力士の付け人たちも、最上階にある普通の部屋をあてがわれていた。

夕食はバイキング形式で、付け人が関取の好みのものを取りに行くのだ。瀬戸内海が近いので、新鮮な刺身や寿司《すし》、魚の天ぷらといったごちそうが並ぶなか、斜麓山は言った。

「ローストビーフとヨークシャプディングを取ってきてくれたまえ。あとはハムエッグかベーコンエッグだ」

「ローストビーフはあると思いますがヨークシャなんとかというのはたぶんないと思います。それに、目玉焼き系は朝食メニューだと思います」

「じゃあフィッシュ・アンド・チップスだ」

私は食堂を駆け回ったが、斜麓山が希望するメニューはなかった。ローストビーフすらなかったのだ（ステーキはあったが、それは「アメリカ的だ」と言って斜麓山のお気に召さなかった）。しかたなく私は、白身魚の天ぷらとジャガイモの煮っ転がしを、フィッシュ・アンド・チップスだと言って食べてもらった。

「ほかにはなにを持ってきましょうか。美味《おい》しそうなものがいろいろありましたよ」

「カレー料理だ」

「――え？」

「カレー料理を持ってきてくれ」

「カレーライス、ですか」

「ちがう。カレー料理だ。知らないのか。正典の『海軍条約文書事件』に、ハドソンさんが朝食にカレー料理を用意してくれているという場面があっただろう」

　知りません。

「カレー料理……はなかったと思います。カレーライスなら……」

「カレーライスはちょっとちがうな。いかにも日本的だ。だが、なければしかたがない。もう一度フィッシュ・アンド・チップスを持ってきてくれ」

　結局、斜麓山は白身魚の天ぷらとじゃがいもの煮っ転がしを五度おかわりし、あとは丸いパンを大量に食べた。どう考えても不釣り合いなのだが、本人がそれでいいと言うのだ。さすがに胃にもたれたのか、

「食後はヴァイオリンでも演奏しながらワインでも飲みたいところだが、明日も早いからそろそろ失礼しよう。おやすみ、輪斗山」

「スマホはいりませんか」

「もちろん必要だ」

　私はがっかりした。スタッフにまた叱られるのは勘弁してもらいたいのだ。

そのあと私はあわただしく明日の準備をして、それがようやく終わったのは午前二時だった。付け人はほとんど眠る暇などないのだ。早く寝ないと明日がしんどいぞ、と思うと逆に眠れない。私はベッドのなかで何度も寝返りを打った。

そして、ようやくうとうとしかけたとき、

「ぎゃあああっ……！」

という悲鳴が聞こえた。私はがばと跳ね起き、廊下へ飛び出した。背後でオートロックがかかるカチャンという音がした。悲鳴の出どころはどこだ。わからない。私は廊下を走った。途中の部屋のドアが開き、斜麓山が顔を出した。

「悲鳴が聞こえたね」

私が言うと斜麓山はうなずいて、

「このフロアの部屋、全部を起こして回るぞ。私はこちらを行く。きみは向こう側を頼む」

しかし、その必要はなかった。鬼天狗の付け人の鬼瓦が、ある部屋のドアを激しく叩いていた。

「ここから？」

斜麓山が問いかけると、

「はい。鬼天狗関の部屋です。この部屋から悲鳴が聞こえました」

いくら激しくノックしても返事がない。私と斜麓山も手伝って、ドアをがんがん叩いてみたが反応はない。斜麓山は鬼瓦に、

「フロントに行って、合鍵を使って開けてもらうんだ」

「わ、わかりました！」

鬼瓦はエレベーターを使って降りていったが、なかなか戻ってこない。

「よし、体当たりだ」

斜麓山はドアに肩からぶつかった。があん、というものすごい音がしたが鋼鉄製のドアはびくともしない。斜麓山は二度、三度と続けて体当たりを繰り返した。

「斜麓、やめてくれ！　きみの身体が壊れてしまう。私が代わろう」

「輪斗山、馬鹿にするわけじゃないが、きみよりぼくのほうがぶつかる力はある。ここはぼくのほうが適任だよ」

そのとおりなのだ。小結とふんどし担ぎの私とでは地力に雲泥の差がある。しかし、私は斜麓山が心配でならなかった。十回ほど体当たりしたが、ドアは壊れなかった。

「鬼瓦さんはなにをしてるんだ……！」

私はやきもきしながらエレベーターを見たが、上がってくる様子はない。ついに斜麓山はドアのまえで腰を落とし、突っ張りを始めた。ドアを鉄砲柱に見立てているのだ。斜麓山の腕が真っ赤になっていく。

「どすこい！　どすこい！　どすこい！」

「そんなことをしても無駄……」

と私は言いかけたが、口を閉じた。なんと、ドアがぎしぎしと音を立てはじめたのだ。

「どすこい！　どすこい！　どすこーい！」

鋼鉄のドアが突然大きくひしゃげた。めりめりという轟音《ごうおん》とともに鍵が吹っ飛び、同時にチェーン錠も、そして蝶番《ちょうつがい》までもがちぎれ飛んだ。斜麓山がドアノブを思い切り引っ張ると、ドアは手前に倒れてきた。そのドアを廊下に放り投げて、我々は部屋に突入した。大関の部屋だけあって、とても豪華だ。入ったところにトイレとバスが別々にあり、その先に居間のような前室がある。寝室はまだ奥だ。私たちはその寝室で鬼天狗を見つけることができた。鬼天狗は大きなベッドのうえで仰向《あおむ》けになっていた。あたりは血だらけで、左胸にハサミのようなものが突き刺さっていた。

「鬼関！　鬼関！」

と斜麓山が呼びかけると、鬼天狗は一言、力を振り絞るようにして、

「ま……だら……のまわ……し……」

そう言うと、目を閉じた。私は耳を疑ったが、たしかにそう聞こえたのだ。

「呪い……」

私がそうつぶやいて立ちつくしていると、斜麓山は鬼天狗の手首に指を当て、

「まだ脈がある。輪斗山、救命を頼む！」

私は一瞬、斜麓山がなにを言っているのかわからなかった。

「なにをしている。きみは医師だろう！」

こんなときに冗談を言っているのか、と思ったが、どうやらこんな現実の殺人未遂事件に遭遇して斜麓山は自分たちが本物のホームズとワトソンであるかのように錯覚しているらしい。すぐに気づいて顔を赤らめ、

「そうだった。きみは医者じゃなかった。すまん……」

そのとき、バスルームの扉が開く音がした。だれかが隠れていたのだ。

「輪斗山！」

私は弾《はじ》かれたように寝室を飛び出し、玄関から廊下に出ようとしたが、そこに

ようやく戻ってきた鬼瓦やホテルのスタッフ、それに、物音を聞きつけて集まってきた色紙部屋の連中が大挙してやってきたので、それを必死で掻《か》き分け、廊下を見回したときには、すでに犯人の姿はなかった。

◇

鬼天狗は輸血を受けながら救急車で病院に搬送され、すぐに手術を受けたが、さいわいにも刺された箇所が心臓をわずかに外れており、一命は取り留めた。しかし、出血多量のせいもあり、意識がない状態らしい。担当医師は、いつ意識が回復するか、あるいは回復しないのかも含めて、「わからない」と言う。

警察が現場に来るまえに、斜麓山は鬼天狗の部屋のなかを勝手に検分しはじめた。私はあわてて、

「お、おい、現場保存が原則だぞ。そんなことをすると捜査に支障が……」

「どうせ警察が来たら我々は立ち入り禁止だ。今のうちに見ておかなければならない。——そうだろう?」

「う……そう、だろう、か……」

私はそう応えるのが精一杯だった。

「見たまえ、輪斗山」

斜麓山が指差したものを見て、私は驚いた。寝室の床にあの化粧まわしがケースから取り出された状態で置かれていたのだ。斜麓山がそれに近づき、触れようとしたとき、

「あー、こらこら、入らないでー」

警察の到着である。あっという間に我々は追い出された。

「もう、どうしようもないね」

私が言うと、斜麓山は笑って、

「だいたいのところはわかったからもういいよ」

そして、自分が壊したドアを踏みつけ、外に出た。斜麓山はそこでなにかを拾い上げた。

「なんだ、それは？」

私がきくと、

「スリッパだな」

とだけ答えた。

斜麓山が破壊したドアは銅煎部屋と色紙部屋が折半して弁償することになった。たいへんな額だったが、緊急事態だから払うしかない。

警察の調べによると、鬼天狗は昨夜、贔屓《ひいき》筋の招待で遅くまで酒を飲み、相当酔った状態でホテルに戻ってきた。同行していた付け人の鬼瓦によると、夜中の一時半頃だったらしい。鬼瓦と天狗鼻のふたりは鬼天狗を浴衣《ゆかた》に着替えさせ、ベッドに寝かしつけてから部屋を出た。そのときは、寝室に例の化粧まわしは置いてあったが、ケースに入れてあったそうだ。明け荷を運ぶトラックに積んでおいてもいいのだが、なにしろ金額が金額なので、巡業中はずっと自分の部屋に置いておくと鬼天狗が主張したのだという。それがケースから取り出されて床に置かれていた理由はわからない。あのあと大関が目を覚まして、化粧まわしをケースから出したとは思えない、と鬼瓦たちは言った。そんなことをする理由がないのだ。となると、そうしたのは犯人、ということになる。

斜麓山たちが悲鳴を聞いて駆けつけたのがだいたい午前二時半頃だった。犯人は、一時半から二時半のあいだになんらかの手段で部屋に入り込み、化粧まわしをケースから出し、そのあと鬼天狗の胸をハサミで刺した。斜麓山たちがドアを開けようとしていることに気づき、バスルームに隠れたのだろう。そして、部屋がワンルームではないことを利用して、皆が奥の寝室に入ったのを見澄まして、逃げ出したのだ。

　寝室にもバスルームにもドアノブにも鬼天狗と付け人たち以外の指紋は見つからなかった。ハサミにも指紋がなかったことから、犯人は手袋等をはめていたと考えられた。警察は、一億円の化粧まわしを盗み出そうとしたのを見つかって咄《とっ》嗟《さ》に刺したのではないか、という見解のようだった。色紙親方は、

「俺が、あの化粧まわしの値打ちを宣伝しすぎた。まさかこんなことになるとは……」

　と涙をこぼした。

「祟りは本当だった。鬼天狗に申し訳ない」

　とも繰り返し口にした。鬼天狗が、先代鬼天狗と同じく「まだらのまわし」という言葉を吐いた、ということを斜麓山が親方に話したからである。化粧まわしの呪いが復活した、という噂がみるみる広がっていった。

　そのホテルに泊まっていた色紙部屋と銅煎部屋の力士や関係者たちは、警察から全員足止めを食った。聴取が済むまでは動くな、というわけだ。巡業は彼ら抜きで続けられることになった。大きな事件ではあるが、勧進元がチケットを売っ

ているので中止にはできないのだ。

「困ったことになったね、斜麓」

私が言うと、斜麓山は意外にも明るい声で、

「そうでもないよ。おかげで、ゆっくり腰を落ち着けていろいろ調べることができた。メールやビデオチャットできみのスマホをずいぶん使ってしまったから、速度制限がかかっているが、それだけの成果はあった」

そう言いながら斜麓山は私にスマホを返した。

「え？　ということは、謎は解けたのかい？」

「ああ、すっかりね」

私は半信半疑だった。いくら斜麓山が推理小説の愛好家で、ホームズマニアだとしても、現実の事件を解決したのは、先日の「薄毛連盟」一件だけだ。今回のように殺人未遂事件を手がけたことはもちろん一度もない。

「輪斗山、きみはぼくにそんな手腕がない、と思っているね」

「いや、そんなことは……」

「わかっている。そう思うのが当然だ。しかし、警察の連中は、スコットランドヤードよろしくへまな捜査をしているようだね。全員の聴取など必要ない。ぼく

がもう事件を解決したのだから。あとは最後の証拠固めだけだ」

「犯人はだれなんだ」

斜麓山はにやりと笑い、

「ぼくがいささか芝居がかったやり口が好きなのは知っているだろう？　今から関係者をひと部屋に集めて、そこで発表するつもりだ」

そのとき私のスマホが鳴った。知らない番号からの着信だ。

「はい……」

私が電話に出ると、

「斜麓山さんの携帯でしょうか」

「どなたですか」

「こちらは福岡県警本部捜査一課の高山《たかやま》です」

私はあわててスマホを斜麓山の手に押し付けた。

「あ、はい、斜麓山です。そうですか、やはり思ったとおりでした。お手数をおかけしました。いえいえ、私の名前は出さないで結構です。ありがとうございました」

電話を切った斜麓山に私はこわばった顔で、

「福岡県警になにを頼んだんだい」

「それもあとで言うよ。これで証拠が揃《そろ》った。――悪いが輪斗山、どこかの部屋に、色紙親方、鬼瓦、天狗鼻の三人を集めてもらいたい」

「ということは、鬼天狗関を襲った犯人がそのなかにいるのか？」

斜麓山はそれには答えず、

「犯人を特定することはできたが、今回の事件を防げなかったのは残念だ。探偵としてのぼくの腕はまだそこまではいっていないようだ」

そうつぶやいた。

◇

色紙親方、鬼瓦、天狗鼻の三人は椅子《いす》に座り、立ったままの斜麓山を見上げている。近くのテーブルのうえには、あの化粧まわしが置かれている。

「どういうことだ、斜麓山。俺は、鬼天狗の病院に行きたいんだよ」

「手術は成功して、鬼天狗関の容体は安定していると聞いています。まだ、意識は回復しておられないようですが……」

「心配なんだ。ついていたいんだよ」

「お気持ちはわかりますが、すぐに終わります。――今から事件の真相を皆さんにお話ししたいと思います」

「なに？　マジか？」

「はい。まずは三十年まえの事件について説明しましょう」

「三十年まえのことはどうでもいいんだ。俺は今度の事件の犯人が知りたいんだ」

「そのためには三十年まえの事件について触れておく必要があるのです」

「じゃあ、三十年まえの事件と今度の事件は関係があるのか？」

「いえ、ありません」

私は思わず膝から崩れそうになった。

「三十年まえ、先代鬼天狗関、つまり、色紙親方のお父上はタニマチからたいへんな額の化粧まわしをもらいました。相撲道楽にのめり込んだ銀座の『楢久』の主《あるじ》が、金に糸目をつけずに作らせた前代未聞の高価な化粧まわしです。先代鬼天狗関は、店が潰れるからと『楢久』側が返還するよう頼んでも返さなかった」

「それはしかたがない。一度もらったものを返すというのは縁起《げん》が悪いからな」

「九州場所、先代鬼天狗関は絶好調で、優勝争いに加わっていました。休場明けの極楽海関は五勝七敗で、あと一番負けると大関陥落です。そんなふたりが十三日目に顔を合わせることとなりました」

「おまえ、まさか極楽海が親父に星を売ってくれ、と頼みに行ったと言うんじゃないだろうな。親父はそれを拒んで殺されたと……」

「ちがいます。極楽海関や部屋の関係者は全員アリバイがありました。それに、十二日目の夜、先代鬼天狗関は急に、ホテルに泊まりたいと言い出したので、ごく少数の人間しか先代鬼天狗関が宿泊所にいないことは知りません」

「じゃあ、だれが……」

斜麓山は鬼瓦のほうを見て、

「今回の件で鬼瓦さんに私は、フロントに行って合鍵を使って開けてもらうよう頼んでくれと言いました。しかし、なかなか戻ってこないので、しかたなくドアを壊したのです。鬼瓦さん、どうしてあれほど時間がかかったのですか」

「深夜だったので、フロントにだれもいなくて、チャイムで呼び出して事情を説明したのですが、他人の部屋を勝手に開けるというのはホテルとしてもなかなか難しいらしくて、本当に悲鳴が聞こえたのか、とか、寝ぼけて叫ぶひとは多いから、とか……しまいには上司と相談したい、とか言い出して、なかなか動いてくれない。最終的には開けてくれることになったのですが、マスターキーにもフロアマスターキーとかグランドマスターキーとかいろいろあるらしくて、それを探すのにも手間がかかって……」

「そうでしょう？　普通はそんなものです。でも、先代鬼天狗関が稽古場に来なかったというので付け人が起こしに行ったとき、『たまたま通りがかったホテルの従業員に持っていた合鍵でドアを開けてもらった』そうですが……そんなことはありえないのです。鍵はフロントで厳重に保管されていますから」

色紙親方は眉根《まゆね》を寄せ、

「ということは……」

「はい。犯人は、ホテルの従業員でした。彼は、極楽海関の長年の親友だったのですが、なんと鬼天狗関が突然、自分が働いているホテルに宿を取ったのです。翌日の取組で、極楽海関が負けたら大関陥落……という相手の鬼天狗関です。ずっと、鬼天狗関のせいで極楽海関はあんなつらい目に遭っているのだ、と思い込んでいた彼は、自分を抑えることができませんでした。合鍵を使って鬼天狗関の部屋に入り込んだのです」

なるほど、と私は思った。考えてみれば、鬼天狗がそのホテルに泊まっていることを知り、その部屋に出入りできる人間はホテルマン以外にいない。

「そのときは殺そうとまでは思っていなかったと思います。寝ている鬼天狗関に嫌がらせのひとつもしてやろう、ぐらいの気持ちだったのかもしれない。でも、鬼天狗関はなぜか起きていた。しかも、化粧まわしを見てなにやら考えている。鬼天狗関は、急に入ってきた男に驚いたでしょうが、従業員は、じつは自分は極楽海関の親友だが、明日の一番は負けてもらえないか、と言ったのだと思います。鬼天狗関は、優勝して横綱になるための大事な一番だから、そんなことはできない、とはねつけたでしょう。極楽海関は情けないやつだ、ひとを使って俺から星を買おうなんて根性だから、ここまで負けがこむんだ、ああいうやつは大関から落っこちたほうがいい……ぐらいの憎まれ口を叩いたかもしれません。カッとした従業員はその場にあった鈍器で鬼天狗関を殴打した。そして、部屋を出たのです」

色紙親方はいぶかしげな顔つきで、

「それはおまえの想像だろ？　証拠はあるのか？」

「福岡県警に確認してみたところ、そのホテルの従業員がひとり、事件のあった翌日に退職しています。その身許《みもと》を調べてもらったのですが、極楽海関の幼いころからの友人だったという返事がありました。おそらく彼が犯人でしょうね」

「お、親父を殺したのはそいつか！」

「でも、残念ながらすでに時効が成立しています」

「そ、そうなのか……」

色紙親方は目をうるませた。鬼瓦が、

「斜麓関、先代の鬼天狗関が言い残した『まだらのまわし』という言葉の意味は……？」

「それは、化粧まわしについての言葉なのです」

「鬼天狗の化粧まわしなら、まだらでもなんでもないじゃないか」

「ちがいます。鬼天狗関ではなく、極楽海関の化粧まわしのことです」

一同は唖然《あぜん》とした。たしかに極楽海の化粧まわしのことを話題にしたものはいなかった。

「極楽海関の化粧まわしはどんなものだったかご存知のかたはいますか」

しばらくの沈黙のあと、天狗鼻が言った。

「たしか、極楽浄土を描いたきらびやかなものだったと覚えていますが……」

「はい、そうなんです。写真を見つけました。極楽海関は、その四股名から極楽浄土の様子を描いた図を化粧まわしに使っていたようですね」

そう言って、斜麓山は一枚の写真をスマホ画面で示した。それは、多くの仏さまが描かれたもので、ひとりの仏を中心にその周囲にやや小さな仏が円形に配置されている。

「そうそう、抹香臭いからやめろ、とか批判されてたけど、極楽海なんだから極楽浄土の絵が縁起がいいんだ、と言って、どうしてもやめなかったそうです」

懐かしそうに天狗鼻は言った。斜麓山は、

「この絵は、西方極楽浄土《さいほうごくらくじょうど》を描いた『浄土曼荼羅《まんだら》』です。真ん中にいるのは阿弥《あみ》陀如来《だにょらい》で、そのまわりに諸仏がいます」

「それがどうしたんだ?」

首をかしげる色紙親方に斜麓山は、

「当時のことを調べてみると、極楽海関はまわりのものに『マンダラ』と呼ばれていたらしいです。化粧まわしの絵柄からの仲間内の符牒《ふちょう》で、もちろん面と向かって呼ぶひとはいません。『さっきマンダラのやつが来てさ……』みたいに陰で使われていたのでしょう」

「じゃあ、先代は『極楽海のまわし』と言いたかったのか？」

「いえ、おそらく自分を殴ったのは『マンダラの回し者』と言いたかったのが、途中でこと切れたのではないでしょうか」

マンダラの回し者……まだらのまわし……ありうる聞き間違いだ。

「本当のことは、その元ホテル従業員が見つかって、話を聞いてみなければわかりませんが、だいたいそんなところだと思います」

色紙親方は、

「親父を殺した犯人を教えてくれたことには感謝する。だがよう、それは三十年まえのことだろう。今回の事件についてはなにもわかってないじゃないか」

「私が言いたかったのは、三十年まえの事件は呪いや祟りには関係なかったということです。ただの突発的ないざこざだったと思われます。ということは……今回の事件も呪いでも祟りでもないのではないでしょうか。そういう目で見ていくと、謎は解けます」

「…………」

「私は、先日はじめて鬼天狗関の化粧まわしを拝見したとき、すばらしいものだとは思いましたが、同時にこうも思いました。『一億円もするだろうか……』と」

「おい、この化粧まわしにケチをつけるつもりかい」

「ちがいます。いくら国宝級の名人が織った西陣織を使い、材料も最上級のものをふんだんに使用していても、一億は高すぎます。といって、『楢久』の当主が嘘をついたとも思えません。もしかすると、この化粧まわしにはなにか秘密があるのではないか。そして、先代鬼天狗関も私と同じような考えに至ったのではないか。だからこそ、突然、ホテルに部屋を取りたいと言い出したのです。化粧まわしをひとりでじっくり調べるためです」

「宿泊所の部屋で調べりゃあいいじゃないか。親父は個室をもらってたはずだ」

「九州場所で色紙部屋が宿泊所にしている寺は、現在も同じですか」

「そうだが……」

「そこの個室には鍵がかかりますか」

「――あっ」

色紙親方は膝を叩いた。

「そういえば鍵はなかったな。普段はひとが泊まるような部屋じゃないんだ」

「たぶん、先代は誰にも邪魔されず、ひとりだけで化粧まわしを調べたかったのです。そして……今回の事件も原因は同じでしょう。だれかが、その化粧まわしに隠されている秘密を暴こうとしたのです」

「どうして今日なんだ？　巡業が終わってからでもいいじゃないか」

「高価な化粧まわしです。今回、鬼天狗関が巡業でつけることが決まるまでは、ずっと部屋の金庫にしまってあったのでしょう？」

「そうだよ。俺の部屋の奥にある金庫にな」

「となると、巡業が終わったらまたそこに保管されて、親方以外は取り出せなくなってしまう。そして、鬼天狗関は場所後に結婚することが決まっている。つまり、部屋から独立して、自宅を構えることになる。化粧まわしも新居に持っていくでしょうね。部屋の人間にとって、ますます調べる機会がなくなります」

「部屋の人間……？　おい、うちの連中のなかに犯人がいるというのか」

「そのとおりです」

斜麓山ははっきりと言った。今、この場には親方のほかには鬼瓦と天狗鼻しかいない。つまり、そのどちらかということになる。私はふたりの顔を見つめた。

「犯人は、どうしてもこの巡業中に化粧まわしを調べたかった。そのために、親方が皆に口止めしてあった呪いの話を再燃させ、言い触らしたのです。そうすることで鬼天狗関や親方が怖がって、化粧まわしをつけるのをやめてくれれば、ずっと部屋に置かれることになるから調べやすい。鬼瓦さんを後ろから突き飛ばしたのも犯人でしょう。怪我をさせる、というより、呪いがまだ続いていることを印象づけたかったのです。——ちがいますか、天狗鼻さん」

天狗鼻はわなわなと震えている。色紙親方は、

「おまえか！　おまえなのか、天狗鼻！」

天狗鼻は下を向いて応えない。鬼瓦が、

「そういえば天狗鼻さんはやたらと大関に酒をすすめていました。それに、化粧まわしの祟りのことを皆に言い触らしていたのも天狗鼻さんです」

斜麓山は続けた。

「それでも鬼天狗関はこの化粧まわしをつけることをやめようとしなかった。あなたは焦った。巡業が終わってしまったら手出しができなくなる。そこで、あなたは鬼天狗関の酒席に同席し、酒を浴びるほど飲ませた。泥酔した鬼天狗関をベッドに寝かしつけたとき、あなたは今夜しかチャンスはない、と思い定めて、部屋を出るときにドアをきちんと閉めず、なにかストッパーのようなものを嚙ませたのではありませんか？　たぶんスリッパでしょう。あなたはすぐに引き返してきて、ゴム手袋をはめてドアを開け、部屋に入った。鬼天狗関が高いびきで寝て

いるのを確認すると、ケースから化粧まわしをそっと取り出し、ハサミを使って糸を切ろうとした。そのとき、鬼天狗関が目を覚ました。物音に気づいたというより、トイレにでも行こうとしたのでしょう。そして、あなたが化粧まわしを分解しようとしているのを見て、揉《も》み合いになった……」

「そう……気がついたら、ハサミが大関の胸に刺さっていた。俺はびっくりして助けを呼ぼうとした。本当なんだ。刺す気なんかこれっぽっちもなかった。でも、ドアをばんばん叩く音がして……俺は怖くなってバスルームに隠れた。まさかドアをぶち壊すとは思ってなかったが、入ってきた連中は寝室まで行ったようなので、俺はその隙《すき》に逃げたんだ……」

色紙親方は何度も首を横に振り、

「まさかおまえが……おまえは鬼天狗が若いころからずっと世話してきたじゃないか。あいつもおまえにだけは心を許していたはずなのに……」

「親方……俺はもう四十も半ばだ。もういい加減に力士を引退しなきゃならない。そうなるとこの部屋からも出ていくことになる。それまでにこの化粧まわしを調べたかったんだ」

「どうしてそこまでこれにこだわるんだ」

黙り込んでしまった天狗鼻に代わって、斜麓山が言った。

「親方、天狗鼻さんは、自殺した『楢久』の楢屋久三郎さんの息子さんなんです」

私は驚いたが、それ以上に色紙親方が衝撃を受けたようだ。

「て、天狗鼻、そりゃ本当か」

天狗鼻は小さくうなずき、

「親父が妾《めかけ》に産ませた子でね、姓はちがうが、『楢久』の店員として働いてました。店が潰れたとき、先代の鬼天狗関が化粧まわしを返してくれなかったことが悔しくてね、いつか取り戻してやろうって思って、それでこの部屋に入門して相撲取りになったんです」

「じゃあ、おまえが歳《とし》とってもいつまでも相撲をやめずに居座ってたのは……」

「そうです。化粧まわしのためです。この化粧まわしは俺の……『楢久』のもんだ。ほかのやつの手に渡したくない。けど、今回、鬼天狗が継ぐことになってしまった。俺もずっとまえから、こいつには一億の値打ちはない、でも、親父はそういうことについて嘘をつくような人間ではない……だとしたらなにか値打ちものが隠してあるんじゃないかと気づいたんです。ならば、そいつだけでも俺がもらいたい……そう思ってね」

「なにが隠されてるんだ？」

「それは知りません。――もうこうなったら逃げも隠れもしません。今から警察に出頭します」

「そうか……」

色紙親方はそう言うと、斜麓山に向き直り、

「おまえの推理はたいしたもんだ。けど、ひとつだけわからんことがある。どうして鬼天狗は『まだらのまわし』と言ったんだ？」

私もそれが知りたかった。

「ああ、あれは私の聞き間違いです」

私は思わず、

「そんなことはない。私もたしかに聞いたぞ」

色紙親方は、私が小結にため口をきいたことにびっくりしたようだったので、

「私もたしかに聞きましたよ、斜麓関」

と言い直した。

「三十年まえの事件で、鬼天狗が『まだらのまわし』と口にしたことを我々は聞

いている。だから、そう聞こえたんだ。いわゆる先入観というやつだな」

「じゃあ、本当はなんと言ったんだ……いや、言ったんですか」

「『Murderer knows my worship』……たぶんそう言ったのだと思う」

「俺には横文字はわからん。どういう意味だ」

「殺人者は私の尊敬を知っている……ということです。鬼天狗関は天狗鼻さんを日頃からずっと尊敬しており、それを向こうも知っているはずなのにどうして……と思ったのでしょう」

天狗鼻は両肩を落とし、

「そうか……すまなかったなあ、鬼天狗……俺が悪かったよ」

そう言って洟《はな》をすすった。立ち上がって、部屋を出ていこうとしたのを斜麓山は呼び止め、

「警察に行くまえに、この化粧まわしになにが隠されているか知りたくありませんか?」

「そ、そりゃ知りたいよ」

「では、少しお待ちください」

斜麓山は化粧まわしを手に取ると、あちこちを指で押していたが、ある箇所で

目がきらりと輝いた。

「ハサミを貸してください。——色紙親方、もうこの化粧まわしは使わないでしょうね」

「ああ、さすがの俺もそんな気にはならないな」

「では、少しだけ裏糸を切りますよ」

「いくらでも切ってくれていい。バラバラにしたってかまわない」

斜麓山は器用に何カ所かの糸を切り、指を突っ込んで左右に広げると、そこがポケットのようになった。斜麓山が化粧まわしを逆さにすると、なにかがばらばらと床に落ちた。ガラス玉か……いや……。

「これはダイヤですね」

斜麓山がそのうちのひとつをつまみ上げて照明にかざした。

「化粧まわしの芸術的・骨董《こっとう》的価値とこのダイヤの値打ちを合わせて一億円、ということなのでしょう。これも想像ですが、一億円の化粧まわしをプレゼントする、とぶち上げてしまったのに、できあがってみたら案外安かった。と言って、値段を上げるためにダイヤモンドを表面全体に散らすのも悪趣味だ……ということで、隠しポケットにダイヤを入れて、いずれサプライズで明かすつもりだったのが、倒産騒ぎで言い出せなくなって、返してほしい、ということになったのではないでしょうか」

「なるほど……」

色紙親方は腕組みをしてしばらく考えていたが、

「うちの親父も、うすうすそれに気づいていたから化粧まわしを返そうとしなかったんだな。なにか仕込んであるんじゃないか、と調べていたときに殺されちまった。親父もあまりほめられた人間でもなかったわけだ。——天狗鼻、おまえにもいろいろつらい思いをさせたなあ。もし、おまえが刑期を終えて戻ってきたら、このダイヤはそっくりそのままおまえにやる。それを元手にしてなにか商売でもすればいい。——待ってるぜ」

天狗鼻は親方に向かって深々と一礼すると、部屋を出ていった。

◇

天狗鼻が警察へ出頭したほぼ同じ時刻に、鬼天狗の意識が回復した。つぎの巡業先へ向かうバスのなかで、私は斜麓山に小声で言った。

「今回は、現実の殺人事件と殺人未遂事件を、警察に伍《ご》して解決したのだからたいしたものだね」

私はほめたつもりだったのだが、斜麓山の気に入らなかったようだ。

「警察に伍して？　警察を出し抜いて、と言ってほしいね。きみの言葉のチョイスは雑すぎる。もっとしっかり勉強したまえ」

「す、すまない、斜麓……」

私は本当に叱られたように思い、頭を下げたが、斜麓山は笑って、

「きみには将来、ぼくの伝記作家になってもらわねばならないからね」

私は少しだけうれしかった。

第三話

バスターミナル池の犬

ついに夏場所が始まった。「夏」場所という名前だが、実際には五月に行われるので過ごしやすく、力士にとっても番付を上げるチャンスである。私も張り切って朝から稽古《けいこ》に励んでいた。私のような下っ端力士は、早くから国技館に行き、自分の取組を終えたあと、付け人として担当している関取の世話をしなければならないから目の回るような忙しさだ。明け荷を運んだり、化粧まわしや締め込みをつけたり、稽古相手になったり……と仕事はいくらでもある。しかも、小結ともなれば数人の付け人がいるのが普通だが、斜麓山《しゃろくやま》は私以外の付け人を、

「世界観が壊れる」

とか言って嫌がるので、私が一から十までなにもかもしなくてはならない。そのうえ、当人は稽古をしたがらない、相撲を取りたがらない、国技館に行きたがらない……と連日ぐずぐず自室に垂れこめているので、

「場所入りする気にさせる」

だけでもたいへんである。初日から三連勝と好調で、この調子で勝ち越せば来場所の関脇も見えてくる。本当は、大いに気合を入れるべき状況だが、本人は朝稽古はサボるし、国技館から帰るとすぐに自室に籠り、ミステリの続きを読み出す。相撲を取っている最中も、続きが気になって気になって身が入らないのだぞうだ。

「本を読みながら土俵に上がりたいよ」

などとわけのわからないことを言うので、

「そんなことをしたら行司や審判に叱《しか》られるぞ。テレビで全国に中継されているのに……」

「二宮金次郎はほめられるのに、どうしてぼくはダメなんだ？」

「読書もけっこうだが、場所中は少し控えたらどうかね」

「そうだな。もし、ぼくの頭脳を必要とする難事件が起こったら、読書を控えてもいい。ぼくにとってミステリを読むことはあくまで現実の事件の代替品でしかないのだ。ぼくの探偵としての能力を発揮できるような謎めいた犯罪が起きて、本場所の退屈さを吹き飛ばしてくれないものかな」

私はあわてて周囲を見回し、

「おいおい、本場所が退屈だなんて、ほかの力士や親方の耳に入ったらたいへんなことになるぞ。気をつけてものを言いたまえ」

「退屈じゃないか。毎日毎日相撲ばかりして、どっちが勝ったとか負けたとか……同じことの繰り返しだ。こう退屈だとコカインでも打ってみたくなるよ」

私は大あわてで斜麓山の口を塞《ふさ》いだ。

ところが四日目のことだ。対戦相手はこれまで四勝一敗と分のいい蛙里関《かえるさと》だ。目が丸くて大きく、口がへの字になっていて、コルゲンコーワの蛙に似ている。足腰が強く、ぴょんぴょんと左右に大きく跳躍するのが売りで、人気もあり、あなどれない相手である。しかし、斜麓山は支度部屋に入ったもののウォーミングアップもせず、じっと本を読んでいる。

「斜麓……斜麓」

私は小声で言った。

「なんだ、うるさいな。今、いいところなんだ。もうすぐトリックがわかるんだ。ぼくの推理ではおそらく、洗面器に入れたおたまじゃくしが蛙に変化する、その現象を使ったのだと思うのだが……」

「残念だが、もう時間だ。土俵下に控えていないと……」

力士は、ふたつまえの取組のときには土俵溜《だ》まりという所定の場所に待機するのが決まりである。

「しかし、蛙が……」

「小説は逃げない。続きはあとで読みたまえ」

「今、読みたいんだ」

「ダメだ、斜麓」

「わかったわかった」

斜麓山は立ち上がったがそのとき文庫本を手で隠して持っていったことに、私は気づかなかった。気づいたのは、土俵溜まりに座った斜麓山がなにやらぱらぱらめくるような仕草をしたときだ。

（本を読んでる……！）

私は愕然《がくぜん》とした。バレたらどうするんだ。だが、斜麓山は気にした風もなくじっと視線を下に落としている。土俵溜まりの力士はたいてい、自分が取り組む相手を土俵を挟んでにらみつけているものだ。

そのうち斜麓山はようやく本を閉じた。私はホッとした。客も審判も行司も土俵のうえの取組に注目しており、彼の行動に気づいたものはいないようだった。しかし、本を閉じてもなお斜麓山はぼんやりしている。腕組みをして、天井を見上げている。

やがて呼び出しに名前を呼ばれ、斜麓山は土俵に上がった。

(集中しろ！　相撲に集中するんだ！　たった数分のことじゃないか……！)

私は心のなかで叫んだが、もちろんその声は斜麓山には届かない。仕切りのときから完全に気持ちがどこかに行ってしまっている。なにもないところでつまずいたり、塩を客席に向かって撒《ま》いたりしている。そして、なにやらぶつぶつと口のなかでつぶやいている。

(まずい……！)

私は、斜麓山の考えていることがわかった。「犯人はだれなのか」もしくは「トリックはどういうものか」を推理しようとしているのだ。

(斜麓、きみの本分は相撲を取ることだ。推理ではない。推理ではないんだ……！)

時間一杯になった。行司が軍配を返した。

「はっけよーい、のこった、のこったのこった」

斜麓山は蛙里に組みつき、怒濤《どとう》の寄りを見せた。もう少しで寄り切りだ。場内は盛り上がったが、つぎの瞬間、

「あっ、そうか！　わかった」

と叫んで、土俵際でぴたりと足をとめた。

「なるほど、蛙だ。おたまじゃくしは蛙の子、なまずの孫ではないわいな。この歌がヒントになっていたんだ。蛙里関、ありがとう！」

蛙里は呆然《ぼうぜん》として斜麓山を見つめていたが、

「のこったあ、のこったのこったあ」

行司にうながされて、斜麓山をはず押しすると、そのまま押し出してしまった。斜麓山はずっとにこにこしながらなされるがままだ。

「蛙里ーっ！」

行司が軍配を上げ、蛙里は、

（え？　俺、勝ったの？）

という顔で呆然としている。負けた斜麓山は何度もうなずきながら土俵を降りた。支度部屋に引き揚げるとき、私は言った。

「どうしたんだ」

それは「まるで相撲になっていない」という意味だったのだが、斜麓山は、

「わかったんだ、蛙里関の顔を見た途端、犯人がわかったんだよ」

「――はあ？」

「おたまじゃくしが蛙になる。それをトリックに使えたのは容疑者のなかで桂島《かつらじま》だけなのだ！」

そう叫ぶ斜麓山の手には文庫本がしっかり握られていた。私は、

（親方は激怒しているんじゃないか……）

と思っていたが、部屋に帰っても銅煎《どういる》親方は贔屓《ひいき》衆との飲み会に行っていて留守だった。だが、その飲み会の席上でなにか言われたのだろう、親方の怒りは翌朝爆発した。

缶コーヒーを持って稽古場に降りてくるなり、

「おい、こら、輪斗《わと》！　斜麓を呼んでこい！」

「まだ寝ていると思いますが……」

「いいから叩《たた》き起こしてこい！」

「なんと言えばいいでしょうか」

「俺が、話がある、て言やあいい。なにを愚図愚図《ぐずぐず》してんだ。とっとと行きやが

れ！」

親方の表情や語調からかなり怒っていると判断した私は、二階にある斜麓山の個室へと向かった。三度ノックしてから、

「斜麓関、入りますよ」

そう言いながらドアノブに手をかけた。てっきり鍵がかかっていると思ったら、意外にもすんなり開いた。どういうことだ。私は部屋に入った。相変わらず本で足の踏み場もない。

「なんだ、輪斗山《わとさん》」

驚いたことに斜麓山はもう起きていた。いつも宵っ張りで遅起きの斜麓山がこんな時間に起きているなんて、

(きのうの負けを反省して、早くから稽古をしようというんだな……)

私は胸が熱くなった。

「ずいぶんと早起きだな」

「ちがう。まだ寝ていないんだ」

愕然とした私は斜麓山の目を見た。真っ赤だ。たしかに寝不足のようである。

「どうして寝てないんだ」

「一冊読み終えて、この作者の筆力に感心したのでね、続編を読み出したらこれがなかなか面白くて、とうとう徹夜してしまった。今から寝るから安心してくれ」

「そうはいかないんだ。親方がお呼びだ」

「親方には適当に言っておいてくれ。じゃあお休み」

斜麓山は布団をかぶって寝ようとした。私はその布団をひっぱがし、

「ダメだ。親方はお怒りだ」

「なぜ怒っているんだ?」

「たぶん……昨日の取組のことだろう」

「あはははは……勝ったり負けたり、それが相撲だ。ぼくが負けるということは相手は勝ったわけだ。向こうは喜んだ。それでいいじゃないか。すべての力士が喜ぶというわけにはいかない。半分は悲しむ。そんななかでだれかが勝ちっぱなしなんて、よくないことだと思わないかい?」

「でも、相撲というのはそういうものだから……」

「相撲に勝ち負けが必要なんてだれが決めた? いい立ち合いができたら、どちらもほめてやる……それでいいじゃないか。あえて勝敗を明らかにしない。それ

がぼくの理想なのだ」

私にはついていけなかった。しかし「付け人」なのだからついていかねばならない。

「とにかく稽古場に降りてきてくれ。頼む」

「眠たいから嫌だ」

「そう言われても……」

「昼まで寝るからよろしく」

斜麓山はふたたび布団をかぶろうとした。

「そんなに寝てたら土俵入りに間に合わなくなる」

「かまわない。今日は国技館には行かない」

「馬鹿な。本場所中だぞ。休場になってしまう」

「輪斗山、知ってるかい。人間は眠らないと頭の働きが鈍くなる。ぼくは頭で相撲を取るんだ。だから、眠りが浅いと負ける。負けるとわかっているのだから相撲を取る必要はない。国技館に行くのは無駄ということになる。――わかったかね」

私はため息をついた。なんとかしなければ……。このままでは私が親方にこっぴどく叱られてしまう。そうだ、こういうときは……。私はある女性から最近聞いた話を思い出したのだ。

「斜麓、きみは昨日、読書は現実の事件の代替品でしかない、と言っていたね」

「ああ、たしかに言ったとも」

「じゃあ、もし私がきみに、そういった事件の情報を教えてやったら、親方のところに行ってくれるかね」

「なんだって?」

斜麓山の目が輝いた。

「そんな事件があるのか。なぜもっと早く言わない」

「場所中だからだ。本場所中は相撲に集中してもらいたかったのだが……どうもそうはいかないようだね」

「事件といっても、誰某《だれそれ》が犬に噛《か》まれたとかコソ泥に入られて小金を盗まれたとか、そんな下等なものではダメだ。その事件には謎があるんだろうね」

「もちろんだとも。一から十まで謎だらけさ」

「それはたのもしい。どんな事件だね」

「両国に犬神池という池があるだろう」

「犬神池？」

「国技館から見えるはずだ。いつもどんよりと濁った池だ」

「ああ、バスターミナルに面した池だな。犬神池という名前だったのか。ぼくたちはバスターミナル池と呼んでいたよ」

「あのあたり一帯はかつて大垣茂左衛門《おおがきもざえもん》という華族が所有していたらしくてね、池はいまだにその子孫の所有物だそうだ。だから、一般市民がまわりを散策したり、岸辺のベンチに座ったりするのは自由だが、ボートを浮かべたり、釣りをしたりすることは禁じられている」

「で、その犬神池がどうかしたのかね」

「斜麓、UMA《ユーマ》というものを知っているかね」

「Unidentified Mysterious Animal、つまり未確認動物だ。ネッシーやツチノコ、雪男のようなものを意味する造語だろう」

「そのとおりだ」

「おい……まさか、犬神池にUMAが出るというのじゃないだろうね」

「そのまさかだ。私が耳にした話によるとね……」

「ふむ……」

「ここから先は、きみが親方と話をしたあとに教えるとしよう」

「わかった。興味深いね。親方がなにをぼくに言いたいのか知らないが、とにかくそれを終えたら犬神池に行ってみよう」

本末転倒な気もしたが、とにかく斜麓が親方に会うつもりになったのだから成功である。しかも、犬神池は国技館のすぐ近くなのだから、そこを調査に行くついでに相撲も取ってもらえれば……あ、これはもっと本末転倒か……。

そんな私の気も知ってか知らずか、斜麓山は階段を下りていった。私もあわててあとに続いた。

「遅いじゃねえか！」

すでに缶コーヒーを二本も飲み終えたらしい親方が一喝した。斜麓山を、ではない。私をである。

「呼んでこいと言ってから何分かかってるんだ。馬鹿野郎！　どうして言われたとおりにしねえ！」

ミステリを読むためなら休場してもいい、などと言い出す頭のおかしい小結を説得するために、ＵＭＡの話まで持ち出していたのだ……などと説明してもわかるまい。

「すみません」

私は頭を下げてからすぐに稽古に戻った。斜麓山の付け人をつとめるのがどれほどたいへんか、一度親方も経験してみたらいい、とは思ったが、もちろんそんなことを口にするわけにはいかない。

（稽古だ、稽古……）

そう思ったものの、どうにも親方と斜麓山の会話が気になって、そちらをちらちら見ていると、

「輪斗、気が散ってるぞ！」

先輩に怒鳴られた。

「おい、斜麓……てめえ、今日の一番をどう思ってるんだ」

親方の声は大きいので聞こうと思わなくても耳に入ってくる。親方は、昨日の負けについてはなにも言わず、今日の取組についていきなり切り出した。たしか、今日は盾髪《たてがみ》部屋の幻日漢関《げんじつかん》と当たるはずだ。幻日漢関は、近頃めきめきと番付を上げてきている人気力士だ。今は斜麓山と同じく小結だが、関脇昇進も近いと噂《うわさ》されている。このふたりをライバルとして面白おかしく書き立てる記者もいるようだ。

「今日の一番……？　相手はだれでしたっけ」

「お、おい、でたらめっぷりもいい加減にしねえか。幻日漢だよ」

「ああ、あいつか……」

斜麓山はこともなげに言った。

「あいつか、じゃねえよ。世間は、おめえと幻日漢のどちらが先に関脇に、いや、大関になるかって注目してるんだ。だから、今日の一番が大事《でえじ》なんだよ」

「相手がだれだろうとぼくはいつもどおりに取るだけです。向こうも同じでしょう」

「だがよ、あいつのいろんなデータってえもんがいるだろう。そういう対策は万全なのかってきいてるんだ」

斜麓山と幻日漢……たしかに両者はまるで相撲への取り組み方が異なっている。東小結の斜麓山は、稽古嫌いで「頭で相撲を取る」と公言しているとおり、相手力士の性格、得意技、実績……などを総合的に勘案したあげく、その一歩先を読む。これはだれにでもできることではない。最終的には天才的な直感力、推理力が要求されるのだ。

「相撲は格闘技ではない。知的遊戯だ」

とまで言い切っている。対する西小結の幻日漢はその逆で、相撲にデータは不要だと言っているそうだ。ひたすら稽古、稽古、稽古……朝から晩まで稽古をしている。筋トレ、マラソンで下半身を鍛え、部屋での稽古だけでは飽き足らず、しょっちゅう出稽古に出かけ、よその部屋の上位者に胸を借りる。その取り口は正攻法だ。ひたすらまえへまえへ出る。相手がだれであれ、取り口を変えることはない。このやりかただとたしかにデータはいらない。

「稽古は嘘《うそ》をつかない」

というのが信条だが、鍛え抜かれたその身体《からだ》はまるで仁王像のようにほれぼれする筋肉の鎧《よろい》で覆われており、小細工を仕掛けようにも凄《すさ》まじいぶつかりでたいていの力士は吹っ飛ばされてしまう。直感も推理も必要ない。ただただ攻めるのだ。これもまただれにでもできることではない。超人的な肉体改造が要求される。あまりに厳しいトレーニングのせいで、彼は何度も怪我《けが》を経験している。膝《ひざ》や腰、肩など満身創痍《そうい》だ。しかし、そのたびに、

「怪我は稽古で治す」

というやり方で乗り切ってきた。番付が落ちても這《は》い上がってくる。たいへんな精神力である。

「幻日漢のデータですか。はい、あいつのことなら全部頭に入っていますよ」

私は驚いた。斜麓山と幻日漢はこれまで十回ほど顔が合ったことがあるが、いずれも十両のころで、最近数場所は対戦がない。それは幻日漢が怪我のせいで、十両や前頭下位に落ちていたからで、今回は久々の取組のはずである。

「ほう、たいした自信だな」

「ええ、あいつとは中学、高校が同じでしたから」

これには私も驚いた。鉄砲をしていたのに、なにもない空間を突いてしまい、そのままずっこけた。

「なんだと？　そんなこたあ俺は聞いたことねえぜ！」

「はい、言ったことはありませんから。言わなくてはいけませんでしたか？」

斜麓山は、なにをそんなに驚いているんだ、という風に淡々と言った。

「いや……そういうわけじゃあねえんだが、その……ま、いいや。あいつは学生のころ、なにをやってたんでぇ」

「中学も高校も相撲部でした。優勝こそしませんでしたが、全国大会でもそれなりに好成績だったと聞いてます。そのころ、ぼくは相撲にはまるで興味を持っていなかったので……あ、今も持っていませんが……」

「いちいち言い直さなくていい」

「言葉は正確に使いたいので……。ですが、彼の試合は嫌というほど見たのです」

「どうしてだ」

「彼は相撲部でしたが、同時にぼくと同じミステリ研究会にも所属していました。つまり、ぼくとはクラブ仲間なのです。それで、相撲にはまったく興味はなかったのですが……」

「もうそれはいい」

「ミステリ研の部員は彼の試合を応援に行くことになっていたので、しかたなくぼくもあいつの相撲をしょっちゅう見ていました。だから、ここ何場所かのことを知らなくても、あいつのことはだいたいわかっています」

「なるほど、そういうことか」

銅煎親方はうなずいて、

「だとすりゃあ、今日は勝てるな」

「勝てますね」

斜麓山はこともなげに言った。私は安堵《あんど》の息を吐いた。どうやら今日は国技館に行くようだ。

朝稽古が終わり、私は斜麓山の明け荷を持って国技館に行こうとした。

「待ちたまえ、輪斗山」

目を真っ赤に腫《は》らした斜麓山に声を掛けられた。

「どこへ行くつもりだ」

「どこへって……国技館です」

「行かなくていい。まずはさっきの話の続きを教えてくれたまえ。今日はきみの取組はない日だろう。少しぐらい遅くなってもかまうまい」

テレビでの相撲中継は昼過ぎからだが、じつは本場所の開場は朝八時である。入門したばかりの新弟子による前相撲のあと、八時二十五分ぐらいから序ノ口、序二段、三段目、幕下……と順次土俵に上がる。幕下以下は二日に一番で、今日は私の取組がない日なのだ。

「さあ、私は親方と会ったぞ。きみも約束どおり、その池の怪事件とやらを話してもらおうか」

自分の部屋に戻るとドアを閉めた斜麓山はそう言った。

「わかったよ。——だが、きみが幻日漢と中高の同級生だったとは驚いた」

斜麓山は遠い目をして、

「うん……あいつとはいろいろあってね……」

そう言って斜麓山は思い出を語り出した。

「はじめて会ったのはたしか……中一の四月だった。ぼくは教室の席でミステリを読んでいた。たぶんエラリー・クイーンの『ギリシャ棺の謎』だった。彼は私のところにやってくると、『きみもミステリを読むのかい。俺もミステリ好きなんだ』と言った。それが、あいつとの出会いだった」

「ふーん……」

「彼はぼくに、この学校にはミステリ研究会があるらしい、一緒に入らないか、と誘った。私はもちろん同意した。だから、あいつとぼくは同時にミステリ研に入会したんだ」

「仲良しだったんだな」

「はじめは、同い年のミステリ好きとして意気投合していた。彼は、小学生から相撲をはじめていたので相撲部にも入っていたが、ミステリ読みとしてもたいしたものだったよ。ぼくはスポーツはまるでできなかったけどね」

「それが、どうして決裂したんだ」

「ミステリに関しての読書傾向というやつかな。ぼくは、きみも知っているとおり、謎解きミステリの愛好家だ。いわゆる『本格ミステリ』というやつだな。欧米ではパズラーという。もちろんそれ以外のミステリも好きだが、基本的には天才的な犯罪者が考えたトリックを天才的な探偵役が知的な推理によって見破る、という作品が好きだ。その究極がホームズなのだ。しかし、彼はぼくの嗜好《しこう》を嘲《あざ》笑《わら》った。そんな探偵は現実にはいない、俺は現実だけを見るのだ……そう言った。本当の事件は、吹雪の山荘や嵐の孤島、執事のいる洋館やわらべ歌のある村で起こるわけではない。犯罪というのは人間の根源に根差した悲しく残酷なものであって、その解明も薄汚れた背広を着た刑事が一軒ずつコツコツ聞き込みを重ね、証言と証拠を得ることで行われるのだ、とね」

「なるほど……」

斜麓山は、現実はそうかもしれないが、この世のものとは思えないような不可能犯罪を名探偵が見事に暴く、そんな話に自分はわくわくするのだ、と主張し、幻日漢は、現実の社会を描くことで地に足のついたリアリティが生まれる、絵空事はまっぴらだと反論し、おたがい譲らなかったそうである。

「それでどうなったんだね」

「取っ組み合いの大喧嘩《おおげんか》さ。どちらも頑固だったからね。言っておくが、中学生のときの話だよ。——私は、まあ、あいつよりも考え方が柔軟だから、松本清張とか社会派ミステリも読まないことはないし、謎解きのないハードボイルドも好きなんだが、あいつは断固としてパズラーは読まなかったね。『リアリティ』が大事なんだそうだ。プロの力士になったのも、『鍛え抜いた肉体と肉体のぶつかり合いほどリアルなものはない』という理由からだそうだ」

「徹底しているね」

「だから、四股名《しこな》も『現実感』から来ているのさ。変わったやつだ」

変わりものが変わりものを批判しているな、と私は思った。

「今でも交流はあるのかね」

「言っただろう、決裂したんだ。尊敬するシャーロック・ホームズやエラリー・クイーン、エルキュール・ポアロを馬鹿にするやつを許すわけにはいかない」

「きみが角界入りしたときは驚いただろうね」

「ああ、わざわざ訪ねてきて、おまえのような浮ついたやつにちゃんとした相撲が取れるわけがない、俺が叩き潰《つぶ》してやる、と言われたよ」

「じゃあ、きみが出世して、ライバルとして肩を並べるまでになった今、内心は焦っているだろうね」

「かなり腹を立てている、とは聞いている」

「だとしたら、今日の一番はきみにとっても大事なんじゃないのかね」

「あのねえ、輪斗山。ぼくは今日、あいつに負けてもいい、と思っているんだ」

「えっ？　なぜだね」

「勝つと……遺恨が残るような気がする。それはぼくの本意ではない。あいつは昔から人一倍恨みがましい性格だった。言葉は悪いが……陰湿と言ってもいい」

「だから、わざと負けるというのか。それはある意味八百長だ。勝負は正々堂々と……」

「わかっている。だから、今日は休みたかったんだ」

　ここへ来て、ようやく私は斜麓山がなぜ徹夜で本を読み、国技館に行かないと駄々をこねていたのかが理解できた。

「すまない、斜麓。私はきみが単なるわがままで言っているものだと思っていたよ」

「ぼくは、たぶん逃げているんだろうね。でも、今はまだこの問題に正面から向き合うべきときではない、と感じているのだ」

斜麓山はなにかを振り払うように咳払《せきばら》いをして、

「そんなことより、その犬神池の謎というのをそろそろ話してもらいたいね」

「うむ。あの池に怪物が出る、という噂があるんだ」

「なに……？」

斜麓山は座り直した。

「きみは合理主義者だから、怪物だの化けものだの妖怪《ようかい》だのは信じないだろうが……」

「いや、そういう奇怪な伝説の裏にはなにか驚くべき秘密が隠されていることが多いものだ。続けてくれ」

「私が聞いているかぎりでも五人もの人間が、その怪物を目撃している。あの池のまわりを散歩するのが日課だという床屋の主《あるじ》は、三度も見たらしい」

「どんな怪物だね」

「夕方、そろそろ西の空が赤く染まりはじめるころ、床屋の主はベンチで一服しながら水面を見るともなしに見つめていた。すると、いきなり褐色の物体が水のうえに現れた。あの池は、きみも知っているとおりかなりの大きさがある。ベンチからその物体まではかなりの距離があったそうだ」

はじめは茶色い水鳥かと思ったが、どうも鳥らしくない。鳥なら空から舞い降りるはずだが、その褐色のものは水中から出てきたように見えたのだ。池に潜って餌《えさ》をあさっていた鴨《かも》などが息を吸いに上がってきたのか……いや、どう見ても鳥ではない。もちろん亀や蛇や両生類ではない。もっと大きなものだ。何カ所かに瘤状《こぶじょう》のものが見え、それが同方向に動いていく。どうやら一メートル以上あるらしい……。

「きみは話の肝心の部分をわざと引き延ばす癖があるね。早くその物体の正体を言いたまえ」

「床屋は池に目を凝らしていたが、その茶色いものはにわかに方向を転換して岸へ……彼が立っているほうに進んできたそうだ。床屋は驚いて立ち尽くしていたが、そのなにかは『犬の首』に見えたそうだ」

「犬の首？　犬が泳いでいただけか」

「いや、犬ではないんだ。犬の頭部によく似ていたが、口の先端部分が黒いもので覆われていて、それがちょうど犬が黒いマスクを着けているようだったそうだ」

「犬がマスクか……」

「その生物はそのままゆっくり池に沈んでいって二度と現れなかったらしい。床屋は怖くなって逃げ出したそうだ」

「うーむ……犬なら犬掻《いぬか》きをするし、水中では息ができないから岸に上がらなければならない。沈んでいったとしたら、それは犬などの陸生哺乳類《ほにゅうるい》でないことはたしかだ。となると水棲《すいせい》哺乳類ということになる」

斜麓山はくすくすと笑い、

「輪斗山、悪いが謎は解けたも同然だ」

「えっ？　もう解けたのかね」

「おそらくね。水棲哺乳類で顔が犬に似ている、としたら、答えはひとつしかない」

「なんだね」

「カワウソだ。ちょっと見には、毛深い犬が水に濡《ぬ》れたように見えるだろう。カワウソなら八分ぐらいは潜っていられる。その床屋が帰ってから浮かび上がったんじゃないかな」

「でも、カワウソは絶滅したんじゃないのか」

「ニホンカワウソはね。だが、コツメカワウソならペットとして飼っているひともいる。そういう個体が逃げ出したか、あるいは飼い主が捨てたかして犬神池に棲《す》みついた、と考えてもおかしくはない」

「カワウソが一メートルもあるかね」

「尻尾《しっぽ》が長いからね。それに、その男は遠目に見ていただけだろう？　怪物だと思ったから実際より大きく感じたのかもしれない」

「じゃあ、口の先端が黒いマスクで覆われている、というのはなんなんだ。カワウソの顔にはそんな部分はないはずだ。それに、いくら遠目でも、犬とカワウソは違う。イタチや猫と間違うならともかく……」

「まあ、そうだな。しかも、三度も見たのなら、さすがに間違うまい」

私は斜麓山を論破したことでうれしくなったが、斜麓山はそれからじっと考え込んだ。困るのだ、そろそろ国技館に向かわないと……。

「カワウソ説に隙《すき》があったことは認めよう。カワウソでないとすると、アシカ、オットセイ、アザラシ、トド、セイウチ、ラッコ、ジュゴン、マナティ、イルカ、クジラ……」

「どこまで行くんだね。そんなものが犬神池にいるわけがないだろう」

「可能性として挙げたまでだ。こういうときはまず、考えられるだけの答えを並べ立てるべきであって、最初から排除してはならないのだ」

いきなりカワウソだと決めつけたのはどうなんだ、と思ったが口には出さなかった。

「輪斗山、きみは大きさからして亀や蛇や両生類ではない、と言ったが、たとえばウミガメだったらどうだね？　蛇でもアナコンダだったらどうだね？　両生類でも、オオサンショウウオだったらどうだね？」

「ダメだ、斜麓。どれも『犬』には似ていないよ。——その老人以外にも目撃者はいるが、全員口を揃《そろ》えて、犬に似ている、と言っている。しかも、口の部分に黒いマスク状のものがあったというのもほとんどの証言に共通しているんだ」

「面白いね。きわめて面白い。まるでネッシーだ」

「恐竜にしては小さいだろう」

「小さい恐竜もいたさ。——ぼくが言いたいのは、ネッシーだと思ったほうが夢がある、ということだ」

「きみが夢想家とは思わなかったよ」

私は皮肉のつもりで言ったのだが、

「推理というのは想像力のたまものなのだ。想像力のない探偵には謎を解くことはできない。現実感だけで捜査する探偵はろくな成果を挙げられないだろうね」

聞きようによっては、幻日漢への反論のようでもある。案外、かなり意識しているのかもしれない、と私は思った。

「きみは知らないかもしれないが、恐竜がいまでも生息しているという内容の小説『失われた世界《ロスト・ワールド》』を書いたのは、シャーロック・ホームズの生みの親でもあるコナン・ドイルそのひとなのだよ」

斜麓山は「失われた世界」のストーリーの説明をはじめたが、私は時計をちらと見て、

（ヤバい……！）

と思った。土俵入りに間に合わない！

「目撃者は、恐竜だとは言っていない。『犬面魚』だと言っているらしい」

「犬面魚……？」

「人面魚というのがいただろう。怪物は、犬に酷似した頭部を持っているのに、池に潜ったまま浮かんでこない。だから犬面魚だと言うんだ」

「待ってくれ。人面魚というのは、鯉《こい》の額のところに人間の顔のような模様があったのを面白おかしく言い立てただけだ。だが、今回のは違うだろう。――輪斗

山、ぼくはがぜん興味が湧《わ》いてきたよ」

「そ、そうかい。それはよかった。だったら国技館へ出発しようか」

「どうしてぼくがこの事件に興味が湧いたかわかるかね。バスターミナル池の犬……正典じゃないか」

なにを言っているのかわからない。

「その床屋の名前はなんというのだ」

「さあ……そこまでは聞いていない」

「きみはそういうところがダメなんだ。探偵の助手を務める以上、細かい点まで聞いておかねばならない」

助手ではなく、付け人なのだ。それも、探偵ではなく相撲取りの……。

「少なくともその床屋には直接会って話を聞きたいね。今日、たずねてみよう」

「そうかい。じゃあ出かけようか」

私は半ば強引に立ち上がりかけた。

「待ちたまえ。犬神池にまつわるそういった情報をきみはどこで入手したのかね」

わたしは、ぎくりとした。

「きみはぼくの付け人として国技館とここを行ったり来たりしているだけなのに、よくそんな噂を聞きつけたね。感心じゃないか」

「まあ、私もいろいろと情報網は持っているのさ」

「隠すことはないだろう。だれから聞いたんだね。教えたまえ」

しまった。斜麓山は食いつくとしつこい。しかたなく私は手のうちを明かすことにした。

「初日に国技館まえで入《い》り待ちをしている人物に話しかけられた。二日目も三日目も見かけたので、顔見知りになった。そのひとに教えてもらったのさ。家が、犬面魚を見たという床屋の近くなんだそうだ」

「ふーむ……それで？」

「それだけさ」

「そんなはずはあるまい。いいかね、輪斗山。きみが国技館に行くのは早朝だ。そんな時刻から入り待ちをしている、ということは、幕下力士を応援しようとしているわけだ。きみは今『人物』とか『そのひと』と言ったが、おそらく若い女性だろう。ぼくはそういう呼び方は好きではないが、いわゆるスー女という相撲ファンだ。そうか、きみにもファンができたか」

「い、いや、私のファンというわけではないよ。あくまで相撲全般が好きで、たまたま私とも話をしてくれる、というだけで、その……」

「相撲と関係のない犬面魚の話までする間柄ということだな」

「斜麓、早くしないと土俵入りに間に合わないぞ」

「じゃあ、行くとするか。その女性ファンの顔を見るためにね」

「きょ、今日はいないかもしれないぞ」

「ああ、きみの取組がないからね」

「そういう意味じゃない」

私はあわてて外に出ようとして、ドアに頭をぶつけてしまった。

「これ以上の追及はやめておこう。ぼくが追及したいのは犬神池の謎だからね」

そう言って斜麓は右目をウインクした。

◇

国技館へは電車で行く。それがいちばん早いし、時間が読めるからだ。横綱や大関は車のまま地下の駐車場に入ることが多いが、それ以外の力士はたいてい徒歩である。この時間帯、南門のまえの道は相撲ファンでいっぱいだ。人気力士が到着するたびに歓声が上がる。斜麓山が姿を見せると、シャッター音があちこちから聞こえてきた。

「おお、斜麓山だ」

「なんだか目が赤いな」

「今日の相手は幻日漢だぞ」

「どちらが勝つかな」

そんな声も聞かれたが、斜麓山は気にせずまっすぐに南門を目指している。ファンに愛想を振りまくようなタイプではないのだ。そんなファンのなかに、私は芽阿利《めあり》の姿をみとめ、どきりとした。彼女は斜麓山にではなく、その後ろで明け荷を担いでいる私に向かって、だれにもわからぬよう微笑《ほほえ》みかけ、手を振ってくれた。その瞬間、斜麓山が急に方向を変え、芽阿利に向かって歩き出した。私は驚いたが、芽阿利はもっと驚いたようだ。斜麓山は芽阿利のまえで立ち止まると、

「お嬢さんですね、うちの輪斗山に犬面魚のことを教えてくださったのは。おかげで面白い経験ができそうです」

「え……あの、私……」

「ところで、あなたのお住まいの近くに店を開いている床屋の名前はなんというのですか」

「あ……北さんです。両国橋を渡ってしばらく行ったところにあります」

「わかりました。――これからも輪斗山をよろしくお願いします」

そう言うと斜麓山はその場を離れた。私は芽阿利に頭を下げると、あわてて斜麓山を追った。

「お、おい、斜麓。どこへ行くつもりだ。南門はあっちだぞ」

しかし、斜麓山は無言で歩き続ける。

「まさか、床屋をたずねるつもりじゃないだろうな」

「そのまさかだ。まだ土俵入りには時間があるだろう。一時間ぐらいなら大丈夫だ」

「取組が終わってからのほうがいいんじゃないか……？」

「そんなことをしてたら夜になってしまう。水面がよく見えないだろう」

「おい、床屋だけでなく犬神池まで行こうというのか。やめたほうがいい。あまりぎりぎりに場所入りすると、先に来ている先輩たちに叱られるぞ」

「輪斗山、きみは事件の解明と相撲とどちらが大事なんだ！」

「もちろん相撲だよ。それにきみは今日、幻日漢との一番……お、おい、斜麓！」

斜麓山は私の言うことなど聞く耳を持っていないようで、そのまま行ってしまった。私はため息をついた。人生、あきらめが肝心だ。

◇

「ここだな」

斜麓山は、「ＢＡＲＢＥＲ　ＫＩＴＡ」という古い看板が出ている床屋のまえに立った。お世辞にもきれいとは言えない店構えだ。ガラスは割れていて、ガムテープで修繕してある。入り口の自動ドアには「手で開けてください」というメモが貼《は》ってある。店の奥で、ごま塩頭で無精髭《ぶしょうひげ》を生やした中年男が競馬新聞を読んでいる。

「客はいないね。暇そうだ。これだから毎日、池のまわりを散歩していられるというわけだ」

斜麓山はそう言った。

「入るのかね」

　私は、なんとなく陰気な様子に尻込みしたが、

「もちろん。そのために来たんだ」

　そして、手動ドアを開けた。主は新聞から顔を上げた。顔色は悪く、唇はひび割れている。長袖の白衣を着ている点だけが床屋らしかった。

「いらっしゃい」

「いや、客ではありません」

　私は、見ればわかるだろう、と思った。大銀杏《おおいちょう》を結った関取が普通の理髪店に行くことはない。両国で店を開いているならそれぐらいは常識のはずだ。

「なんだ、客じゃねえなら帰ってくれ」

「ちょっと北さんにおうかがいしたいことがあるのです。お答えいただければ些《さ》少《しょう》ですがお礼もします」

　北はにやりと笑い、

「お礼？　じゃあ、話は別だ。へへへ……なんでもきいてくれよ」

「あなたは犬神池で犬面魚を目撃したそうですね」

「ああ、その話か。見たよ。嘘じゃねえ。三度も見たんだ。それに、俺以外にも、見たってやつがけっこういるんだ。七、八人ぐらいかな」

私が芽阿利から聞いた人数よりも増えている。

「ずいぶんまえから、あの池には怪物が出るって噂があったんだ。でも、俺はそんなことは信じちゃいなかった。酔っ払いのたわごとぐらいに思ってたんだ、この目で見るまではな」

「ずいぶんまえから、というのは具体的にはいつごろでしょうか」

「そうだな……四年ぐらいまえかな。ところがこの二カ月ばかり、急に『見た』っていうやつが増えたんだ」

「二カ月、ですか。それは興味深い」

「俺が最初に見たのも、ちょうど二カ月まえだ。俺はベンチでぼんやりと池を見ながら煙草を吸ってた。夕方だったなあ。三本吸って、そろそろ店に戻ろうか……と思っていると、それまでなんにもなかった水面から犬みてえな頭がいきなりぴょこっと飛び出したんだ。びっくりしたぜ。その犬は……あれが犬だったとしたらだが、俺が煙草を三本吸うあいだ、ずっと池のなかにいたってことだ。犬がそんなことできるわけがねえ。しかも、そいつの口のところに黒いマスクみてえなもんがあったんだ。俺はピンと来た。こいつが、あの噂の怪物だってね」

「犬みたいな頭とおっしゃいましたが、犬にもいろいろあります。どんな種類の犬でしたか」

「そうだなあ……。毛が多くて、耳が垂れてて、鼻が突き出したでっけえやつい るだろ。なんとかいった……ああ、ラブラドールレトリバーとかいうやつに似て たな。でも、口に黒いマスクをしたみてえに見えるんだ。口裂け女っていただろ。あれを連想してぞーっとしちまってよ」

「ラブラドールレトリバーですか。なるほど……」

「でもよ、あれは犬じゃねえぜ。それは断言できる」

「どうしてです」

「そのまま沈んでいっちまったんだ。俺は、いずれまた顔を出すだろうと思って じっと待ってた。ところが、出てこねえんだ。十分経《た》ち、十五分経ち……だんだ ん怖くなってきて、俺はとうとう逃げ出した。どこの世界に、十五分も潜ってら れる犬がいる？　ありゃあ犬の顔をした魚にちげえねえ」

「魚の胴体や尾は見たんですか」

「いや……頭だけだが、たぶん鮭《さけ》か鯉みてえな身体がくっついてると思うぜ。あ いつは池に棲む魔物だ」

「三度も見たひとはあなただけですか」

「だと思うね。たまたま、運が良かった……というか悪かったというか」

二度目、三度目の目撃談もだいたい似たようなものだったが、三度目に見たときは、一瞬だけ背中が水面に出たらしい。

「亀の甲羅みてえに見えたな」

「あなたのほかに、犬面魚を見たというひとの名前やお住まいをご存知ありませんか」

「俺が知ってるかぎりじゃあ、持ち帰り弁当屋のバイトと、角の焼き鳥屋の女将《おかみ》さん、すぐそこの雑居ビルでイベントしてたＣＤ屋の三人が見たって聞いたな。そいつらには引き合わせてやれるぜ。あとは、ベビーカーを押してたまたま通りかかった主婦と、ボール遊びに来てたこどもふたり、犬の散歩に来てたお婆《ばあ》さんだったかな」

「あなたが怪物を目撃したとき、あなた以外のひとが池のまわりにいませんでしたか」

北は細い腕を組んで考え込んだ。

「うーん、どうだろうな……。俺ひとりだった気もするが……」

私たちは彼の返事を待っていた。しかし、しばらくすると、なんといびきが聞

こえてきた。主は腕組みをしたまま眠り込んでいたのだ。私が揺り動かすとうっすら目を開けて、

「お、お客さんですか」

「ちがいます。犬面魚の話を聞きに来た……」

「あ、ああ、あんたたちか。もちろんわかってる。寝不足でね……あはははははは……」

「あはははははははは……」

私と店主はうつろに笑い合った。斜麓山が、

「ぼくが知りたいのは、あなたが犬面魚を見たとき、ほかに目撃者がいたかどうかです」

「それそれ！　思い出したよ！」

急に北のテンションが上がった。

「赤い野球帽にサングラスをかけた男が向こう岸にいたっけ。遠いから顔や服装まではわかんなかったがね、たしかにそいつも犬面魚を見てたと思う」

「それは、あなたが何度目に見たときですか」

北は顎《あご》に指を当て、

「さあて……二度目だったかな、いや、最初のときか……」

頼りない話だ、と私が思ったとき、

「待てよ！　そう言われてみたら、そいつは最初のときも二度目にもいたぞ！」

斜麓山の目が光った。しかし、彼はつとめて平静な声で、

「つまり、その人物はあなたが犬面魚を見たとき、三度のうち二度いあわせた、ということですか」

「そうだよ。俺みてえに毎日、あの池のあたりをぶらぶらしてる野郎かもしれねえ」

「ほかのときに見かけたことはありますか」

「いや、それはねえ、と思う」

「犬面魚の目撃者のなかにその人物は入っていますか」

「少なくとも俺は聞いてねえな。俺が知ってるのは、さっきも言ったとおり……」

床屋の主は指を折って数えはじめた。

「持ち帰り弁当屋のバイトだろ、焼き鳥屋の女将、ＣＤ屋、赤ん坊連れの母親、こどもふたり、犬を連れた婆さん……と、これだけだ。赤い野球帽のやつなんか

いねえ」

「おかしいですね。そのひとも、最低でも二回は犬面魚を見ているはずです。どうして名乗りを上げないのでしょう」

「おい、俺が嘘をついてるってえんじゃねえだろうな」

「まさか。あなたは嘘がつけるようなひとではありません」

「そ、そうかい？　ふふふ……そりゃどうも」

斜麓山は相当の金を北に手渡し、

「お忙しいところありがとうございました。おかげでいろいろ助かりました」

「なんの、いいってことよ。江戸っ子は相身互い。こういうことは銭金じゃあねえんだ。なあ、そうだろ」

「そうですよね。——今日はもう時間がないのですが、あなたの知り合いの弁当屋さんや焼き鳥屋さん、ＣＤ屋さんなどにお会いしたいときはまたこちらにうかがいますので、よろしくお願いします」

「いいとも。——でも、そのときは別料金だぜ」

「もちろんです。では、失礼します」

斜麓山が大きな身体を屈《かが》めてお辞儀をすると、

「あんた、小結の斜麓山に似てるねえ。横顔なんかそっくりだ」

北がそう言ったので私はずっこけそうになったが、斜麓山は動じることなく、

「よく言われます」

と応えた。

床屋を出たところで私は、

「無駄足だったね。我々がすでに知っていることばかりだった。目撃者の素性は少し判明したが、それでもあの謝礼に見合う情報はなかったね」

「そうかい？　ぼくにはずいぶんとためになったよ。——きみのタニマチの住んでいるアパートというのは、ほら、あれだろうね。一階に持ち帰り弁当屋が入っている。あそこのバイトが目撃者のひとりだな」

「今から行くつもりかね」

「いや、今日は時間がない。池に行こう」

私は時計を見た。あとぎりぎり三十分というところだ。

「行くな、と言っても行くんだろうね」

「あたりまえだ。真相究明のためなら、探偵はどんな手間も惜しまないのだ」

私は今日何度目かのため息をついた。

◇

犬神池に着くと、目立つところに古い案内板があった。

「なになに……犬神池の由来か」

この池のほとりにひとりの老人が住んでいた。老人は一匹の犬を飼っていた。老人は犬をこの池のまわりで毎日散歩させていた。老人は泳ぎが達者で、ときどき犬とともに池に入って遊泳を楽しんでいた。しかし、ある日、老人は溺《おぼ》れて死んでしまった。犬は主人が戻ってくるものと信じ、雨の日も風の日も池のまわりを回って老人を待ち続けた。やがて、犬は死んだが、地元のひとびとは時折、その犬が池を泳いでいる姿を目撃した。皆は、犬の魂が神となってこの池で水難が起きないよう守ってくれているのだと噂しあった。それが犬神池の由来である……。

「うーん、『犬神』なんていうから、もっとおどろおどろしい理由でもあるのかと思っていたが、まるで忠犬ハチ公じゃないか」

斜麓山は案内板の文章を読んで、しきりに感心していたが、私は池の周囲に大勢のひとがいることに驚いていた。カメラを持ったものや、バケツや大きな網、釣り道具を持ったものもいる。発動機をはじめ、さまざまな機材も置かれている。どうやらテレビのロケーションをしているようだが、撤収作業の最中らしく、皆であわてて片づけている。

「斜麓、もしかするとテレビクルーが犬面魚の取材に来ているんじゃないかね」

私が言うと、

「ぼくも最初はそう思ったが、違うね。まだ犬面魚の件は地元以外には広まっていないようだし、たぶん別件だろう」

斜麓山はスタッフのひとりに近づくと、

「テレビの撮影ですか」

機材を片づけていた若い男性は顔を上げて、

「あ、まあ、そうですけど……」

ADらしく、答えていいのかどうか迷ったようだ。すると、長髪で口髭を生やした中年男性が走り寄ってきて、

「斜麓山関じゃないですか！」

と明るい声を上げた。

「私、ファンなんです。いつも拝見してます。テレビ観戦ですけどね」

「それはご贔屓ありがとうございます。今日は番組の収録ですか」

「申し遅れました。私、映像関係の製作会社のディレクターをしております真咲《まさき》と申します。今日は、テレビ関東さんの番組収録のための下見に来ております。ロケハンというやつです」

「なんという番組ですか」

「『池の水とことん抜く』という特番です。なかなか人気がありましてね、池の水を全部抜いて、なにが出てくるかを調査するという内容です」

「そんなことをしたら魚や水棲昆虫なんかが死んでしまうんじゃないですか？」

「もちろん保護します。千人ぐらいのボランティアに参加してもらって、バケツに移します。池の水が汚くなっている、とか、カミツキガメやアリゲーターガーなどの危険な生物や本来いるべきではない外来種がいる、とか、通常では移動できないような大岩を除去したい、とか、希少種を保護したい、とか……そういった理由がある場合にだけ行うようにしています。もともと池の水を抜いて、泥を浚渫《しゅんせつ》し、きれいにすることはかいぼりといってよく行われていますが、それを一種のショーに仕立てたわけです」

「なるほど、そうでしたか。つぎはどの池にするか、というのはどうやって決めるんですか」

「番組に、地元からそういった要請があるときもありますし、うちのスタッフも情報を集めております。そういうなかで幾つか候補を挙げて、それぞれの池に何度か足を運んで決めます」

「じゃあ、次回は犬神池に……」

「はい、決定です。だから、今日ロケハンに来たんです。もう作業は終了して、撤収中ですけどね」

「地元に、つぎはここにするかもしれない、と伝えたのはいつごろです」

「そうですね、二カ月ほどまえだったかな……」

またしても斜麓山の目が光った。

「この池に最近、妙な噂があるのをご存知ですか」

「いえ……知りません。教えてください。撮影中にトラブルになるようなことだとマズいですから」

斜麓山は声をひそめ、

「犬面魚が出るらしいんです」

「ケンメンギョ？　なんですか、それは……」

「犬の顔をした魚です。目撃者が複数いるそうです」

ディレクターはホッとした顔つきになり、

「なんだ、そんなことか。それなら大歓迎です。池の水を抜いたら犬面魚が出てきた……なんて番組のいいアクセントになります」

「本番はいつなんです？」

「十日ぐらいあとかな。この池、底にかなり泥が溜《た》まっているみたいで、今、ボランティアを募集しています。力士のかたに入っていただくと、戦力にもなるし、絵にもなるんですがねえ。——いかがですか」

「それが、ちょっと忙しくて……」

「ああ、相撲のほうが……」

「いえ、探偵業が」

「——え？」

ディレクターがきょとんとした顔になったとき、

「撤収作業完了しました」

「わかった。行くか。——じゃあ、応援してますのでがんばってください」

テレビクルーたちは数台の車に分乗して、去っていった。

「さて、我々も行こうか」

私はうながしたが、斜麓山は動こうとせず、

「もう少し……ぎりぎりまでここにいたい。あと何分ある？」

ここでさからってもしかたがない。斜麓山に協力するのが付け人の務めだし、そのほうが建設的だ。

「十五分ぐらいかな。わかった、斜麓。私が『時間だ』と言うまでここにいたまえ」

「ありがとう」

そう言うと斜麓山は池に沿ってゆっくりと歩き出した。その視線はつねに池の中央付近に向けられている。私もあとを追った。水面はねっとりしていて、さざ波も立っていない。魚の姿も見えないが、それは底の泥によって水が濁っているせいだろう。両国という繁華な場所にあるのに、この池の周辺だけはまるで別世界のように静まり返っている。どこかでかすかに、ぼちゃんという水音がした。

（もし、本当に犬面魚がいて、番組の収録中に姿を現したら……すごいことになるだろうな）

私の脳裏には、すべての水が抜かれたこの池の底から、頭部がラブラドールレトリバーで、首から下が巨大な鯉、という怪物がばしゃばしゃと尾で泥をはねちらかしながら出現する……という光景が浮かんでいた。

そのとき、

「あっ……！」

斜麓山が小さく叫ぶ声が聞こえ、私は夢想から醒《さ》めた。斜麓山の視線の先に目を向けると、水面を割るようにして褐色のものが飛び出した。それは……動いていた。まるで、止めてあったＤＶＤのポーズボタンを解除したかのようだった。

「犬だ……」

私はそうつぶやいた。なるほど、目撃者が皆、犬の頭部と言った意味がわかった。たしかにラブラドールレトリバーの頭に似ている。しかし、これも目撃談にあったとおり、口があるべき部分が黒いマスクで覆われたように見える。だから、犬ではない。そして、背中に甲羅のようなものがある。しかし、私が今見ているような生物は私の知識にはない。カワウソでもカピバラでもアザラシでもなかった。しかも、この池の由来にあった「犬神」といったような霊的な存在でないこともたしかだ。明らかにそれは生きていた。

私は斜麓山を見た。彼も呆然として犬に似た頭部を見つめている。いや、呆然として、というのは違う。斜麓山は、その生物と対峙《たいじ》するように、鷹《たか》のような鋭い視線を送っていた。相撲のときにはめったに見せぬ目だった。

やがて、それは不意に水中に没した。池には大きな波紋が広がっていた。それが今我々が見ていたものが夢でも幻でもなかったことを表していた。それは二度とふたたび現れることはなかった。五分が経ち、十分が経っても浮かび上がってはこなかった。

（やはり、魚もしくはなにか水棲生物だ。甲羅があったということは、亀……？）

まさしく「犬面魚」あるいは「犬面亀」としか言いようがない。だが、もうそろそろ制限時間一杯だ。

「斜麓……そろそろ行かないと……」

私がそう言いかけたとき、斜麓山が突然走り出した。その理由はすぐにわかった。池の対岸に、赤い野球帽をかぶった男が立っていたのだ。斜麓山が自分に向かっているのがわかったらしく、男は逃げ出した。私も必死になって斜麓山を追いかけた。やがて、斜麓山は追跡をあきらめたらしく立ち止まった。上体を曲げ、両膝に手を当てて、荒い息を吐いている。

「大丈夫か、斜麓！」

「ああ……大丈夫だが……逃げられてしまった……。こういうときは……やはり……ベーカー街遊撃隊か……スコットランドヤードが……必要だね」

「つぎの機会もある。今日のところは国技館に……」

「あ、ああ……そうだな」

意外にも斜麓山は私に同意した。そして、引きずるような足取りで国技館に向かった。

◇

三時四十分頃から幕内の土俵入りが始まる。斜麓山はぎりぎり間に合った。心ここにあらず、という表情で土俵入りを務めている斜麓山の頭のなかは、ついさっき見た犬面魚のことで一杯になっているに違いない。私もそうだった。

支度部屋に戻ってから、斜麓山はウォーミングアップもせず、ひたすらスマホでなにかを調べている。しばらくしてから私を呼び、

「輪斗山、調べてほしいことがあるのだ。あの池の付近で過去五年ほどのあいだになにか事件が起きていないか、それを大至急調べてもらいたい」

　私は小声で、

「事件ってどういうものだね」

「わからないが、ぼくの勘ではなにかしらの犯罪だろう。未解決のものであればなおよい」

「しかし……どうやって調べればいいんだ。警察にききに行くというわけにもいかないし……」

「ネットで検索したのだが、調べかたが悪いのかなにもヒットしなかった。あとは図書館で新聞をこまめに当たるか、地元で聞き込みをするかだな。すぐに取りかかってくれたまえ」

「無茶を言わんでくれ。もうすぐきみの大事な取組があるんだ。唯一の付け人が出歩くわけにはいかん」

「ぼくならかまわないよ。ひとりで取るから」

「きみがよくても私が困るんだ」

「相撲なんか取らずにすます、というわけにはいかないものかね。とにかく犬面魚だ。あの謎を暴くのだ」

「その気持ちはわかるが、斜麓……ほんの十分でいいから、頭を切り替えて、相撲に集中してもらえないかね」

「無理だね」

斜麓山がそう言ったとき、土俵上でふたつまえの取組がはじまった。我々は支度部屋を出た。

「集中だぞ、斜麓」

しかし、斜麓山はなにも応えず、土俵溜まりへと向かっていった。すでに反対側の溜まりに座っていた幻日漢は凄まじい眼力を斜麓山にぶつけてくる。視線で射殺そうとしているようだ。私は心配だった。勝負に執着のない斜麓山が、今朝言っていたように、

「わざと負ける」

つもりではないか、と思ったからだ。勝って遺恨を残すぐらいなら、負けたほうがいい……斜麓山の性格からするとそのぐらいのことはなんとも思っていないにちがいない。しかし、それは八百長行為であり、相撲の、いや、スポーツの精神を冒瀆《ぼうとく》するものだ。私は、斜麓山にそんなことをしてほしくなかったのだ……。

◇

結論から言うと、斜麓山は勝った。おそらく犬面魚のことで頭が充満していて、なにも……わざと負けることさえも考えていなかったのだろう。軍配が返った途端、すーっとまえに出ていって、幻日漢がまわしを取ろうとした瞬間にざっくりと右を差した。一秒後、幻日漢は横転し、車に轢《ひ》かれた蛙のように土俵に伸びていた。

「斜麓山ーっ」

行司の声に、斜麓山はハッと我に返ったようで、なにか苦々しい顔で勝ち名乗りを受けた。負けた幻日漢は、唇を噛みしめ、憤怒の形相で斜麓山を凝視していたが、斜麓山はそちらを一度も見なかった。幻日漢は悔しさを隠そうともせず、拳《こぶし》で土俵を叩くと、一礼もせずに下りていった。

戻ってきた斜麓山に私は言った。

「おめでとう、すばらしい相撲だったよ」

しかし、斜麓山は浮かぬ表情で、

「うっかりしてたよ。勝ってしまった」

「それでいいんだ。勝負なんだから」

「早く終わらせたい、とばっかり思っていたら、身体が勝手に動いてしまったんだ」

「今のがきみの実力だ」

「たかが星ひとつのことで恨まれるのはまっぴらなんだ」

「土俵のうえでのことは土俵を下りたら忘れるのが相撲取りだろう。気にすることはないさ」

私はそう言ったが、内心、このあとなにごとも起きなければいいが……と思っていた。

「そんなことより、輪斗山、図書館に行こうじゃないか」

斜麓山はわざと明るい声を出しているようだった。

「わかった。親方に連絡しておくよ。でも、七時までだからあまり時間がないぞ」

斜麓山はテレビのインタビューを適当にこなし、手早く風呂に入ると、浴衣に着替えた。我々が支度部屋から通路に出たとき、

「おい……」

目のまえに幻日漢が数人の付け人を従えて立っていた。

「さっきはよくもやってくれたな。おかげでとんだ大恥をかいたぜ」

「じゃあ、つぎは負けるよ」

斜麓山はそう言って立ち去ろうとしたが、その言葉が幻日漢をよけいに怒らせた。

「いいか、おまえみたいな非現実な相撲が、俺は大っ嫌いなんだ。俺はもっともっと相撲に現実感が欲しいんだ。つぎにやるときは、おまえを客席まで吹っ飛ばして、身体中の骨を折ってやる。そうしたらその痛みで、おまえもリアルな気持ちになるだろうよ。——覚悟してやがれ」

「勘弁してくれ。きみはリアリティのある犯罪小説や社会派ミステリを読んでいればいい。ぼくはぼくの好きなものを読む」

「ふん、おまえが好きなものというと、あのくだらねえシャーロック・ホームズのことか。ご都合主義で、コカイン中毒で、下手くそなヴァイオリン弾きで、警察を馬鹿にしてでたらめな推理を振りかざす……あんな非現実な探偵はいねえよ！」

斜麓山の顔が引き締まった。

「幻日漢関……ぼくのことを悪く言うのはかまわないが、シャーロック・ホームズを悪く言うのは許さないぞ」

「面白い。やる気か？　やる気なら……」

「きみとは近いうちに決着をつけるときが来るだろう。だが、今は事件の捜査が優先だ。失礼する」

斜麓山は幻日漢と付け人たちのあいだをすり抜けて出口へ向かった。私もそれに続こうとしたが、幻日漢の付け人のひとりに呼び止められた。

「うちの小結も、斜麓関も……なにを言ってるんだ？」

その疑問はもっともだが、説明してもどうせわからないと思い、私も言った。

「失礼する」

そして、足早に斜麓山のあとを追った。ようやく追いついたとき、斜麓山は言った。

「嫌な予感がするんだ」

「なにがだね」

「幻日漢のことだ」

「いいじゃないか。はっきりと、近いうちに決着をつける、と宣言したんだ。これでたがいに公認のライバルというわけだ」

「うん……それはそうだが……」

「なにが言いたいんだ」

「あいつはもっともっと現実感が欲しい、と言っていた。モア・リアリティだ。モリアティ……」

「え？」

「いや……なんでもない」

斜麓山はそう言うと、国技館の外へ出た。相変わらず大勢が出待ちをしている。斜麓山にも七、八人が近づいてきて、一緒に写真を撮ってくれと言った。

「すまないが、図書館に行かなきゃならないんだ。今日は勘弁してくれ」

皆はおとなしく引き下がり、あらたなターゲットを探しに行った。そんななかでひとりの女性がこちらに向かって走ってくるのが見えた。斜麓山にではなく、私のところにやってきたその女性は芽阿利だった。

「輪斗山さん、たいへんです！」

「どうしたんだ」

「床屋の北さんが……襲われました」

斜麓山が叫んだ。

「なんだって？　詳しく教えてくれ」

「は、はい。ついさっき、私がそろそろ出待ちに行かないと……と思ってアパートから出たら、床屋さんのまえにパトカーが停《と》まっているんです。警察のかたに、なにかあったんですかってきいたら、北さんから、店にいたらだれかに後ろから頭を殴られた、と一一九番に通報があったって……」

「命に別状は？」

「それはないみたいです。今、近くの病院で手当てを受けてるそうです」

「わかった。――行くぞ、輪斗山！」

「はいっ」

「あ、私も……私も行きます！」

芽阿利が手を挙げた。

◇

両国にある総合病院に床屋の主は入院していた。

「たいへんな目に遭いましたね」

頭に包帯を巻いてベッドに横たわっている北に斜麓山は言った。

「わざわざ見舞いに来てくれたのか。義理堅《がて》えね」

その口調は不機嫌極まりなかった。

「これ、些少ですがお見舞いです」

斜麓山が封筒を渡すと、

「おっ、すまねえなあ。遠慮なくいただいとくよ」

北は相好《そうごう》を崩した。

「警察へはご主人が通報したんですか」

「俺は救急車を呼んだだけだ。そろそろ池にでも散歩に行くか、と思いながら、新聞を読んでたら、ドアが開く音がしたんで、そのままの姿勢で『いらっしゃい』と言ったら、いきなり後頭部にガツン！　と来たね。床に倒れたら、赤いものが流れていくのがわかったんで、こりゃヤバい……と思ってさ」

「強盗でしょうか」

「いや……なにも盗らずにすぐ逃げちまった。なにがなんだかさっぱりわからねえ」

「恨みがあるものの仕業でしょうか。心当たりはないんですか」

「警察にもいろいろきかれたけど、そんな覚えもねえんだ」

「ふーむ……」

「ただ……じつはな……」

　北は言いかけて、口をつぐんだ。

「じつは、なんですか？」

「うーん……あんたらには世話になったから教えてやるよ。警察には言わなかったんだが、俺、そいつの顔をちらと見たんだ」

「えっ」

「ほら、床屋ってでっけえ鏡があるだろ。そこに映ってたんだ。赤い野球帽をかぶってて、サングラスをした男だったな。黒いダボシャツにジーパンをはいてたと思う。右手に石を持ってたからあれで殴ったんだろうな」

「ほかに気づいたことは……？」

「そうだなあ……あとは、すげえがに股《また》だったってぐらいかな。けどよ、あいつ……例の犬神池の向こう岸に二度いたやつだぜ」

「ああ、帽子とサングラスのせいでよくわからねえんだけど、あいつ……滝沢《たきざわ》っていうやつじゃないかな」

「お知り合いですか！」

「知り合いってほどじゃねえんだけど、昔、しばらくうちで髪切ってたことがあるんだ。たしか、広小路でダイビングショップをやってたのが、客が来なくて潰れちまった。ずいぶんまえのことで、そのあとどこでなにしてるかは知らねえけどさ……あいつに似てるんだよな」

「どうしてそれを警察に言わなかったんです」

「う……あんまり警察とはお近づきになりたくねえんでな」

斜麓山はしばらく北の顔を見つめていたが、ぽつりと一言、

「もしかすると当分、出てこられないかもしれませんね。医者にいろいろ調べられたでしょうから」

「ああ……そうかもな……」

私はその会話の意味がわからなかったが、病室を辞して、廊下できいても斜麓山はなにも答えず、

「図書館に行こう」

それだけ言った。私は、

「わかった」

と言ったが、芽阿利も同時に、

「はいっ」

と言ったので、

「きみはいいよ。妙なことに付き合わせてしまって申し訳ない」

だが、斜麓山は、

「時間がない。ひとりでもひと手が欲しいところだ。すまないが手伝ってくれるかね」

「もちろんです」

芽阿利はうなずいた。

◇

めったに図書館に来ることはないが、両国国技館にもっとも近い図書館は緑図書館で、午後八時まで開館しているらしい。我々は新聞の縮刷版を手分けして調べることにした。

（私は相撲取りのはずなんだが……。しかも、本場所中のはずなんだが……）

そんな疑問を胸に抱きながら、私は紙面に目を走らせた。すでに利用者はまばらになっている夜の図書館で、我々はひたすら作業を続けた。

（こんなことをして、なにになるんだ……）

そんな思いが頭をかすめないこともなかったが、熱心に取り組んでいる斜麓山や芽阿利の横顔を見て、そういう気持ちを押し殺した。そして、閉館時間の直前、私は叫んだ。

「あったぞ！」

ほぼ同時に斜麓山も、

「あった！」

そう言った。私たちは顔を見合わせた。どちらからともなく笑みがこぼれた。

「輪斗山が見つけた記事はなにかね」

「これだ。『警察失態。両国で麻薬密売犯取り逃がす』……」

五年まえ、末端価格にして百四十億円という大量の覚醒剤《かくせいざい》の取引が両国の喫茶店で行われるという情報を入手した麻薬Gメンは、密売人と購入者である暴力団関係者の双方を一網打尽にしようと各所に張り込んでいた。しかし、直前になって密売人が警察に気づき、覚醒剤を持ったまま逃走した。警察は約一時間にわたって密売人の行方を追った。やっと確保したとき、密売人の男は覚醒剤を所持していなかった。男は、はじめからそんなものは持っていない、と主張し、証拠不十分で釈放された……。

「なるほど、そんなことだろうと思っていたよ。ぼくの見つけた記事はこれだ」

斜麓山が指差したのは、一頭の犬の写真だった。四年まえの新聞の見出しには「麻薬探知犬が引退。第二の人生へ」とあった。六年間、麻薬探知犬として東京税関に所属し、羽田空港などで活躍して数々の成果を挙げたラブラドールレトリバーの「マッハ号」が引退し、一般家庭に引き取られることになった。マッハ号の新しい飼い主になったのは墨田区に住む滝沢さんで、HP《ホームページ》で里親を募集していることを知り、どうしても飼いたくなったとのこと。「これまでがんばって働いてきたのだから、これからはうちでゆっくり余生を過ごさせてあげたい」と語っていた……。

「犬の隣に写っているのが滝沢という男だろう。この脚を見たまえ」

私は思わず、

「おおっ」

と大声を上げてしまった。男の脚はがに股だった。

「床屋の主が言っていたとおりだ。すごいじゃないか、斜麓！」

図書館の司書の女性がつかつかと歩み寄ってきて、

「静かにしてください！」

我々三人はへこへこと謝り、図書館をあとにした。

「滝沢はおそらく麻薬の密売人だ。警察に追われて逃走しているときに、犬神池に麻薬を放り込んだのだろう。厳重に防水し、重石《おもし》をつけて浮かないようにしたと思われる」

「麻薬探知犬を引き取って、それを探させようというのか」

「なかなかうまいやり方だと思うね。犬は人間の百万倍から一億倍の嗅覚《きゅうかく》を持っていると言われている。訓練された災害救助犬は、水のなかにいる遭難者も匂《にお》いで見つけられるそうだ」

「でも、まだ見つかっていない」

「あの池は広すぎるし、底に泥が堆積《たいせき》している。さすがの麻薬探知犬でも探しあぐねているのだろう。それまでも試みてはいたのだろうが、二カ月まえにテレビ番組で犬神池の水を全部抜く計画があると知って、あわてたのだろう。目撃例がそのあと急増しているのはそのためだ」

「でも、その犬はどうして息をせずに何十分も潜っていられるのだろう」

「それはわからないが、ぼくにはすでに見当がついているよ。——これでだいたいのことは判明した。あとは裏付けだけだ。今からもう一度犬神池に行こう」

斜麓山の声にはかすかな興奮が感じられた。

「今から？　もう暗くなっている。明日のほうがいいんじゃないか」

「いや、滝沢は、テレビが来るまえになんとかしなくては、と焦っているはずだ。おそらく夜も探索を続けるにちがいない」

「うむ、行こう。ここまで来たらやるしかない」

私と斜麓山がそう話していると、芽阿利が言った。

「私も行きます」

「これは相撲とは関係ないことだから……」

私が言うと、

「でも、だんだん相撲よりもこっちのほうが面白くなってきました」

斜麓山が、

「お嬢さん、これは危険かもしれません。できればお帰りになったほうが賢明かと……」

「いえ、参ります。少しでもおふたりのお力になりたいのです」

「わかりました。——輪斗山、なにかあったらきみが全力でお嬢さんをお守りするのだ。いいね」

私はうなずいた。

◇

「またか……もう何十回潜ってるんだ！　失敗ばかりしやがって、この役立たずが！」

池のほとりで赤い野球帽をかぶったがに股の男が大きな犬を叱責《しっせき》している。かたわらには街灯があり、羽虫が明かりのなかを乱舞している。犬は頭を垂れている。全身から水が滴り落ち、疲弊しきった様子だ。

「テレビの連中が水を抜いちまったらおしまいなんだよ。それまでにどうしても見つけなきゃならないんだ。でないと俺は殺されちまうんだ」

まわりに人影はない。犬の背中にはボンベのようなものが載せられ、バンドで固定されている。遠目には甲羅に見えるかもしれない。そのボンベからはホース状のものが伸びており、その先端には黒い吸入器らしきものがついていた。男がそれを犬の口に噛ませると、ちょうどマスクをしているように見えるのだ。

「さあ……行け！　今度は、見つけるまで上がってくるな。わかったな！」

犬はしょぼくれた様子で池に戻っていった。器用に犬掻きをして中央付近まで泳いでいき、そこから潜水した。大きな波紋が同心円状に広がった。

「優秀な麻薬探知犬だっていうから引き取ったんだ。すぐに見つけると思っていたんだが……とんだ誤算だった。なんとかしないとマジで消されちまう」

男は池に向かって祈るような仕草をした。

「まあ、かわいいところもあるんだが、肝心の仕事がおろそかじゃあダメ犬だ。餌代だって馬鹿にならないからな」

そのとき、

「滝沢さんですね」

斜麓山がいきなり、背後から声をかけたのだ。

「だ、だれだ！」

「だれでもいい。あなたは五年まえに末端価格にして百四十億円という覚醒剤をこの池の底に隠しましたね。そして、麻薬探知犬を引き取り、ダイビングショップ時代の技術を生かして、潜水の方法を教え込んだ。酸素ボンベを背負わせ、レギュレーターをくわえさせて、長時間潜ることも可能にした……」

「おまえ、警察《さつ》か？」

「ちがいます」

斜麓山が一歩前進して街灯の明かりに全身をさらした。滝沢はぎょっとしたように、

「相撲取りがどうしてこんなことをしてるんだ」

「相撲取りではありません。——探偵です」

「お、俺はなにもしてないよ。ときどきこの池で犬を散歩させてるだけさ。あの犬も麻薬探知犬なんかじゃない。ただのペットだ」

斜麓山は池のほうを向くと、向こう岸まで届くような大声で、

「マッハ号！」

打てば響くように水面が盛り上がり、犬が顔を出した。犬は斜麓山に向かって

ひと声吠《ほ》えると、ふたたびレギュレーターをくわえて水中に没した。

「今のが証拠です」

滝沢は震えながら、

「なあ、もし上手《うま》い具合にブツが見つかったら、分け前をやるよ。一億でも二億でも。だから……見逃してくれ」

「わかって言っているのですか。あなたは今、この世でもっとも公正であるべき存在……探偵を買収しようとしたのですよ。許せません」

「億だぜ、億。人生変わるんだぜ」

「あなたは床屋の主人を傷つけましたね。それも許せませんが……いちばん許せないのは、マッハ号のことです。マッハ号は現役時代、忌まわしい犯罪の摘発に大いに貢献していました。それが、あなたが引き取ったことによって、犯罪に加担する側になってしまった。あなたはマッハ号の経歴を汚したのです」

「犬は、人間に言われたとおりにやってるだけさ。それが犯罪だろうがなんだろうが気にしちゃいない」

「あなたはマッハ号がかわいそうだとは思わないのですか」

「思わないね。犬は人間の道具だ」

斜麓山は珍しく感情を顕《あら》わにして滝沢に近づいた。滝沢は拳銃を取り出し、斜麓山に向けた。

「危ない、斜麓！」

私は反射的に斜麓山のまえに飛び出した。滝沢は引き金を引いた。発射音が響くのと、斜麓山が私を突き飛ばすのが同時だった。私は地面に転がりながら斜麓山から目を離さなかった。弾丸は斜麓山に命中したかのように見えた。

「斜麓ーっ！」

私は喉《のど》が切れそうなぐらい叫んだが、斜麓山は平然と立っていた。滝沢は呆然としている。斜麓山は右手を突き出すと、拳を開いた。そこに弾丸があった。滝沢はその場に座り込んだ。あまりのショックに二発目を撃つ気力がなくなったらしい。斜麓山はにやっと笑って、

「やってみたら、できてしまった」

私は滝沢に駆け寄り、拳銃をもぎとった。そのとき、犬神池のほうを見て斜麓山がつぶやいた。

「おかしい……。あれはもしかしたら……」

私たちも池を見た。端のほうに褐色の物体が浮いていた。

「ま、マッハ号……！」

滝沢は悲鳴のような声を上げて立ち上がった。

「あなたが、見つけるまで上がってくるな、と命じたので、酸素が切れても探し続けていたのでしょう。罪なことをしたものです」

「マッハ号……マッハ号……」

滝沢は池のなかにざぶざぶと入っていった。途中からは泳ぎ出し、マッハ号の死体にたどりつくと、それを抱きしめ、

「マッハ……マッハ……すまなかった……俺が悪かった……」

泣きながらいつまでもそう叫んでいた。

◇

滝沢は逮捕され、犬神池での番組ロケは中止となった。滝沢の証言に基づき、警察による徹底的な浚渫が行われ、泥のなかから覚醒剤の包みが発見された。驚いたのは、あの床屋の主も逮捕されたことで、罪状は覚醒剤の使用だった。入院時の尿検査で発覚したのだ。

「きみは知っていたのか、斜麓」

病院に見舞いに行ったとき、「当分、出てこられないかもしれませんね。医者にいろいろ調べられたでしょうから」と彼が言っていたのを思い出して私がきくと、斜麓山はうなずき、

「そうじゃないかと疑っていた」

「顔色が悪かったり、会話中に居眠りをしたりしたからかね」

「それもあるが……どうして滝沢は北を殴ったと思う？」

「さあ、それは……。池にいるところを見られたと思ったからではないかね」

「ちがう。北は池の周囲を散歩するのが日課だったとはいえ、ほかの目撃者に比べて彼だけが三度もマッハ号を目撃しているのはおかしいだろう」

「そうか！　マッハ号は北の発している覚醒剤の匂いに反応して……」

「そのとおり。早く見つけねばと焦っている滝沢にとって、北は邪魔だったのだ。彼が池のまわりをうろうろしているとマッハ号のミスが増えるからね」

「滝沢は、北が覚醒剤中毒者だということをどうして知ったのだろう」

「推測だが、蛇《じゃ》の道は蛇ということじゃないかな。密売者にとっては、中毒者はお客さんだ」

こうして「バスターミナル池の犬」事件は無事に幕を閉じたのだが、もうひとつの件は解決していなかった。このあとたいへんな出来事が斜麓山の身に降りかかるのである。

第四話

最後の事件

斜麓山《しゃろくやま》は、「バスターミナル池の犬」事件を見事に解決した。これで本場所の残りの対戦に集中してくれるだろう、と私は思ったが、その考えは甘かった。現実の謎が片づいてしまったので、斜麓山はふたたびミステリ小説を読むことに没頭するようになった。毎晩のように徹夜である。朝寝坊なので稽古《けいこ》もしないし、国技館に行くことさえ嫌がる始末だった。しかし、銅煎《どういる》親方は文句を言わない。なぜなら……不思議なことに相撲の調子は甚だ良いのだ。

「良質のミステリを読むと脳が活性化する。脳が活性化すれば、取組の流れが読めるようになる。だから、勝つのは当然だ」

斜麓山はそううそぶいていたが、現に白星が続いているのだから否定はできなかった。とりこぼしは、四日目に小説に気を取られていて蛙里関に敗れた一戦のみで、その後はずっと勝ち続けている。

そして、世間が斜麓山のライバルだと目している盾髪部屋の幻日漢も、斜麓山に敗れたほかは同じく勝ちっぱなしである。幻日漢は、よほどあの一敗が悔しかったらしく、いろいろなひとに、

「卑怯《ひきょう》な手で負けた」

と言い触らしているらしい。それも、同部屋の後輩に言うならまだしも、よその部屋の力士や相撲協会関係者、マスコミなどにまで斜麓山の悪口を吹き込んでいるという。しまいには、

「斜麓山に八百長を持ちかけられた」

などと根も葉もない嘘《うそ》を言い出したらしい。これにはさすがに我慢がならず、私は斜麓山に言った。

「誹謗《ひぼう》中傷の度が過ぎている。厳重に抗議すべきだ」

「放っておけばいいさ」

斜麓山はそう言った。

「放っておくと皆が彼の嘘を信用してしまう。きみが卑怯ものだと思われてしまう」

「ぼくが八百長などしない人間だということは誰もが知っているよ」

「親方に言って、盾髪親方にきちんと申し入れをしてもらったほうがいい。幻日漢関は土俵以外の場所で勝負をしようとしている。許されないことだ」

「親方の耳には入れたくないのだ」

その気持ちはわからぬでもなかった。血圧の高い銅煎親方は、そんなことを聞いたら逆上してまた入院しかねない。

「じゃあ、どうするんだ」

「言っただろう。放っておくんだ。幻日漢とつぎに顔が合うのは七月の名古屋場所だから、それまではなにを言われようと、なにをされようと、無視を決め込むつもりだ」

だが、斜麓山が思ってもいない事態が起ころうとしていた。

◇

まず、横綱三名が休場した。そのうちのひとりは場所まえから休むとわかっていたが、残りの二名は怪我《けが》を理由に途中休場した。それに続いて大関たちもつぎつぎと休場した。八日目に、ただひとり出場を続けていた大関が、体調不良での休場を発表した。なんと横綱、大関陣が全員いないという場所になってしまったのだ。ふたりの関脇は、いずれも不甲斐《ふがい》ない成績なので、小結である斜麓山と幻日漢にも十分優勝の可能性がでてきた。ひょっとすると……と私は思った。このままふたりが一敗のまま千秋楽を迎えれば、優勝決定戦となり、ふたたびふたりの取組が行われることになる。名古屋場所を待つことなく対決を余儀なくされるのだ。

幻日漢のほうは早くも報道陣に対して連日のように怪気炎を上げていた。

「俺と斜麓山がライバルだって？　馬鹿も休み休み言ってくれよ。今場所は俺が優勝するさ。あいつはどうせこのあと負けていくだろうが、俺は最後まで勝ちっぱなしで行くぜ。だから、決定戦はなしだ」

「でも、五日目に顔が合ったときは斜麓山関が勝ちましたが……」

「うるせえ！　あれは、あいつに腹の肉をつかまれたんだ」

「ビデオで確認しましたが、そんな様子は……」

「あいつはずるいから、ビデオに映るようなへまはしないさ。——とにかく優勝するのは俺だ」

一方、斜麓山はいくらマスコミから水を向けられても、

「幻日漢関と千秋楽に取ることはありません」

「なぜですか」

「ぼくは優勝しないからです」

これには銅煎親方も激怒した。

「馬鹿野郎！　自分から『優勝しない』なんて断言する相撲取りがどこにいるんだ！」

「でも、しないと思います」

「いや、わからねえ。横綱、大関がいねえ今場所はおめえにとって絶好のチャンスだ。今の調子なら千秋楽まで一敗のままで突っ走ることもありうるってもんよ」

「お言葉を返すようですが、横綱、大関がいない場所で優勝しても、それは真の優勝とは言えないでしょう。上位陣を倒してこそ優勝の意味が……」

「うるせえっ。おめえはごちゃごちゃ言わずに相撲をちゃんと取りゃあそれでいいんだよ！」

親方の小言から解放され、部屋に戻ろうとしていた斜麓山に私は言った。

「斜麓……きみの考えていることを当ててみようか」

「ほう、観察力も推理力もないきみにぼくの考えがわかるかね」

「わかるとも。――きみは幻日漢との勝負を避けるために、それまでにわざと負けるつもりだろう」

斜麓山はぎくりとした表情になったが、すぐにぱちぱちと手を叩《たた》いて、

「お見事。輪斗山《わとさん》、まったくお見事だ」

「それはよくない。たとえどんな理由があるにしても、わざと星を取りこぼすなんて、相手に失礼じゃないか」

「輪斗山、ぼくは幻日漢と戦いたくないのだ。遺恨や憎悪、怒りなどを相撲に持ち込むことに耐えられないのだ。彼が優勝したいならさせてやればいい。それには決定戦を行わないのが一番だ」

「いくら立派な意味づけをしようと、八百長は八百長だと思う」

「輪斗山……ぼくもつらいんだ」

「それはわかるが……」

あとはなにを言っても斜麓山は返事をしなかった。

◇

翌日、我々が銅煎部屋を出て、駅に向かう途中の出来事である。いきなり角を曲がってきたバイクが猛スピードで斜麓山に向かって突進してきた。間一髪で身をかわすと、バイクは速度をまったくゆるめることなくそのまま走り去った。

「危ないなあ。乱暴な運転だ」

私がバイクが去った方向をにらみつけながら言うと、斜麓山はそっけなく、

「行こうか」

とだけ言ってその場を離れた。これがはじまりだった。両国駅の階段を下りている途中、ガラガラガラ……という音が背後から聞こえてきたので振り向くと、大型のキャリングケースが落ちてきた。斜麓山は、避けるのは間に合わないと思ったのか、そのケースを両手でしっかり受け止め、うっちゃりを食らわした。ケースは壁に激突してひしゃげてしまった。

「だれだ!」

私はうえに向かって怒鳴ったが、持ち主は現れなかった。

「警察に言うべきじゃないかな」

私が言うと、

「探偵が警察に頼るなんてありえないね」

と取り合わない。

国技館に着いてからも気を休めることはできなかった。土産ものを満載した台車の車輪が斜麓山の足の甲を踏んでいったのだ。さいわい怪我はなかったが、さすがに私は台車を押していた男を捕まえた。

「す、すんません。ついうっかりしてて……」

「嘘をつけ」

「ほんとです。私の不注意で……。申し訳ないです。すいませんがほかのひとに言わないでください。私、仕事をクビになっちまいますから」

斜麓山が、

「もういいよ、輪斗山。放してやれ。どうせどこかのだれかにいくらかもらって、斜麓山の足を轢《ひ》いてやれ、とでも言われたんだろう」

「どこかのだれか」がだれなのかは私にもわかっていた。

その日、幻日漢も斜麓山も白星だった。国技館を出たところで、大勢のファン

が出待ちをしている。写真を撮るものもいる。私は、左右に気を配りながら斜麓山を先導していた。そのとき、

「危ないっ！」

声が聞こえたのでそちらを向くと、真っ赤な顔をした中年男がビール瓶を逆手に持って振り上げていた。私が両手をまえに出して突き飛ばすと、男はよろけてその場に倒れ、

「なにするんじゃ」

「それはこっちがききたいね」

その男の連れらしい男が、

「こいつ、升席《ますせき》で飲みすぎてべろべろになっちまったんだ。斜麓山のファンだからビール瓶を持ってることを忘れて手を振っただけなのに……いきなり突き飛ばすなんてひどいな。警察呼ぶぞ」

そう言うと、ファンたちのあいだに消えていった。

「だいじょうぶですか」

芽阿利《めあり》が心配そうにやってきた。斜麓山が、

「今、声をかけてくれたのはきみだね」

「ええ……ここから見ていたら、あのふたりがこそこそしゃべりながら斜麓山さんを指差したあと、そーっと近づいてビール瓶を振り上げたんで、思わず……」

「ありがとう。おかげで助かったよ」

「今のひとたちはなんですか」

「自分で言ってただろう、ただの酔っ払いさ。これからは毎日、酔っ払いには気をつけなければな。きみも用心するにこしたことはない」

「はい」

「しかし、輪斗山のもろ手突きもなかなか決まっていたね。ははは……」

斜麓山は呑気《のんき》そうに笑い声を上げたが、その目はけっして笑っていなかった。

◇

翌日も、またその翌日も嫌がらせは続いた。缶コーヒーを後ろから頭にぶつけられたり、スリッパに押しピンが入っていたり、斜麓山のグッズだけが大量に通路に撒《ま》いてあったり……もっともひどかったのは、彼の化粧まわしが見当たらず、私が必死に探していると、ゴミ箱に突っ込んであったことだ。しかし、嫌がらせがエスカレートするにつれて、斜麓山の相撲はだんだん厳しいものになっていった。鋭い出足、差してからのスピード、土俵際での万全の寄りなど、見事としか言いようがない取り口だった。なにより相手を圧倒する気迫が全身からあふれていて、私はその豹変《ひょうへん》ぶりに驚いた。

「どうしたんだ、斜麓。わざと負ける宣言をしていたのと同一人物とは思えないよ」

「考えが変わったのさ。ああいうことを毎日毎日してくるようなやつには負けたくない。かならず決定戦まで持ち込んで、土俵に叩きつけてやる。そうしないと彼は目を覚まさないだろう。だから今は、幻日漢も負け知らずのまま千秋楽を迎えてほしい、と思っているよ」

どうやら幻日漢の嫌がらせが斜麓山の力士としての魂に火を点《つ》けたようだ。それは良いことだ、と私は思ったが、なぜか一抹の不安が胸をよぎった。

（なにかたいへんなことが起きなければいいが……）

そして、幻日漢の矛先は斜麓山だけではなく、ほかの対戦相手にも向けられた。十二日目の対戦相手は、銅煎部屋の先輩力士で西前頭筆頭の蕎麦ケ岳《そばがたけ》だった。普段、蕎麦ケ岳は斜麓山とは仲が悪いのだが、さすがに今場所は、

「幻日漢は俺が倒して、斜麓関を優勝させてやる。援護射撃だ」

と同部屋の仲間を応援してくれている。ところが、我々が支度部屋に入ると、蕎麦ケ岳ががっくりと肩を落とし、いつもの気勢が上がらない様子だ。

「どうかしたんですか」

「それがよう、部屋から持ってきたドリンクを飲んだらさ……」

大の蕎麦好きである蕎麦ケ岳は蕎麦湯を入れた水筒を常に携行しており、取組のまえにはかならず飲むのを慣《な》わしとしていた。

「なんだか苦くて、味がちがうんだ。すぐに吐き出したんだが、それからえらい下痢がはじまって……もう十分置きにトイレに駆け込んでるのさ。これじゃあ力も入らないし、土俵に上がれるかどうか……」

私と斜麓山は顔を見合わせた。

「う……また来やがった。じゃあちょっと行ってくる」

蕎麦ケ岳はトイレに突進していった。案の定、その日の一番では良いところなしで幻日漢に完敗した。

「下剤を入れられたんだろうね」

私が言うと、斜麓山は腕組みをして唸《うな》った。

「ぼくだけを標的にしているなら我慢もするが、ほかのひとにも累を及ぼすのは許せない」

「ドリンクの残りを分析すれば、下剤が入ってるかどうかはわかる。証拠になるだろう」

「いや、幻日漢関の付け人がやった、という証拠はない」

十三日目になった。斜麓山は老獪《ろうかい》な取り口で知られる老練山《ろうれんざん》を真っ向勝負で退け、一敗を守った。そして、幻日漢の取組になったとき、場内がざわついた。「不戦勝」と書かれた垂れ幕を呼び出しが土俵上に掲げたのだ。場内アナウンスが、

「東方《ひがしかた》多々良島《たたらじま》、急病により本日より休場。したがって西方《にしかた》幻日漢の不戦勝であります」

急病……？　さっき見かけたときは元気そうだったのに……。

私は近くにいた協会関係者に、

「多々良島関はどうしたのです？」

「なんでも、支度部屋でウォームアップしていたときにムカデを踏んづけたらしい。足がぱんぱんに腫《は》れ上がってね、痛くて痛くて、相撲どころじゃないんだと

さ。今、病院に行ってるよ」

「どうして支度部屋にムカデなんか……」

「さあ、外から入り込んだんだろうね。怖い怖い」

国技館から私たちはぴりぴりしながら帰路に就いた。両国駅から電車に乗る。

かなり混んでいた。斜麓山の明け荷を抱えた私は、身を小さくしていた。ただでさえ相撲取りは身体《からだ》が大きいので、ラッシュのときは気を使う。精一杯愛想良くふるまうのだが、なかには舌打ちをする乗客もいる。途中からどんどん客が乗ってきて、車内はすし詰め状態になった。ようよう目指す駅に着いたので、

「降りまーす。降ろしてくださーい」

私は声をかけながら出口へ向かった。そのとき、サングラスをかけた客のひとりが斜麓山の背後にすーっと立ち、なにかを彼の腕に押し当てようとしているのが見えた。

「斜麓！」

私は明け荷を放り出すと、斜麓山の腕をつかんで思い切り引っ張った。そのため、私がその客に向かい合うことになった。首筋に激しい痛みが走り、私は悲鳴を上げた。まわりの乗客が潮が引くように退いていき、できたスペースに私は倒

れた。だれかが非常ボタンを押し、電車は急停車した。私は必死で上体を上げ、

「そいつを……そいつを捕まえてくれっ！」

サングラスの男を指差したが、彼はほかの客のなかにまぎれてしまった。私はよろけて後頭部をドアにぶつけ、つぎの瞬間、気を失った。

◇

目を開けると、そこに斜麓山の顔があった。

「よかった……。気がついたか」

「私はどうしたんだ……」

「スタンガンにやられたらしい。その際、足もとがふらついてドアで頭を打ち、気絶したのだ」

「ここはどこなんだ」

「病院だよ。心電図や脳波に問題はないそうだが、念のためいろいろ検査をしてもらうがいい」

芽阿利が、斜麓山の後ろに立っているのが見えた。目に涙が浮かんでいるのが

私にはわかった。

「警察にも知らせたんだが、だれも犯人を見ていないので調べようがないそうだ。悪質ないたずらだと言っていた。いつの時代も警察は役に立たないものだな」

私は身を起こして、

「とにかく部屋に戻ろう。親方とも相談をしないと……」

「なにを言う、輪斗山。きみは寝ていないとダメだ。やつの狙いがこのぼくであることは間違いない。きみは巻き添えになったのだ。念のため、今夜は芽阿利くんに付き添ってもらうよ」

芽阿利はうなずいた。

「そうはいかんよ。私はきみの付け人だ。きみが狙われている以上、こんなところでじっとしているわけにはいかない。一緒に部屋に戻り、きみの安全を確保しなければ……」

「輪斗山、聞いてくれ。ぼくとともにいるのは危ない。今夜一晩はおとなしくこの病室で過ごしてくれ。いいね」

「きみはどうするんだ」

「部屋に戻るさ。ぼくがここにいるとかえってきみを危険にさらすことになる」

「そう聞くとますますぼくは安穏としていられない。きみを守るよ」

斜麓山の両目がうるんだように見えた。しかし、彼は顔をそむけ、

「では、失敬する。——芽阿利さん、どうか輪斗山をよろしくお願いします」

「わかりました。私が責任を持ってお預かりします」

私は大声で、

「待て、斜麓！　私はきみの助手だぞ！　助手を放っていくのか！」

芽阿利が私をベッドに押さえつけ、

「早く行ってください！」

私は暴れたが斜麓山の一言で全身から力が抜けた。

「輪斗山、もしぼくの言うことを聞かないなら、明日から付け人を代えてもらう」

私は泣きながら布団をかぶった。そして……。

◇

そして、その夜。寝入っていた私を芽阿利が揺り動かした。

「起きてください、輪斗山さん！　たいへんです！」

「どうしたんだ」

「斜麓山さんが置いていった入院費の封筒のなかに、こんなものが……」

芽阿利が差し出したメモにはつぎのような文章が書かれていた。

親愛なる輪斗山
きみがこれを読んでいるころ、ぼくは幻日漢と対峙しているだろう。いろいろ考えたのだが、あのような卑劣なやつとは、大勢の相撲ファンのまえで対決する気にならないのだ。なぜなら千秋楽で彼とぼくが行おうとしているのは「相撲」ではない。私怨に満ちた醜い争いを入場料を取って観衆に見せるのは許されないし、それをテレビで放送するのもよろしくないと思う。
そこで彼に、今夜一対一で対決し、負けたほうは千秋楽を欠場するばかりでなく、相撲界を引退する、という提案をした。幻日漢は喜んで受け入れたよ。おそらく観衆のいないところで勝負した方が、どんな汚いやり口でも使えると思ったのだろう。

対決の場所には、盾髪部屋からも近いM山を選んだ。大きな滝があるところだ。今夜十一時に雌雄を決する。私は勝つつもりだが、勝負は時の運だ。結果がどうなるかはわからない。これが相撲取りとしてのぼくの最後の仕事だ。

長いあいだ、きみには無茶ぶりをし続けてすまなかった。でも、ぼくは楽しかったよ。

斜麓山

「いかん。——今、何時ですか」

「十一時三分です」

「くそっ、間に合わない。M山にはどうやって行けばいいんです」

「普通は最寄り駅のM駅までJRで行って、そこからは徒歩しかないみたいです。ここからだと一時間はかかります」

私は頭を抱えたが、そんなことをしていてもなんの解決にもならない。

「とにかく行ってきます。もし手遅れだったとしても、それが私の義務です」

「車で行ったほうが早いと思います」

「そうか……タクシーか」

「いえ……輪斗山さんさえよければ……」

数分後、私は芽阿利の運転する大型バイクの後部座席にしがみついていた。バイクは夜の高速道路を疾走した。風圧で腕がちぎれそうだったが、怖くはなかった。ひたすら斜麓山のことが心配だった。

（頼む……無事でいてくれ……）

私は胸のなかで祈り続けた。

◇

山道に入ってからも芽阿利はバイクの速度を落とさなかった。細く、暗い道を芽阿利は飛ばしに飛ばした。左側は深い崖《がけ》で、スリップしたらふたりとも命はないだろう。芽阿利の運転技術はすばらしく、我々は病院からたった二十五分でM山の現場に到着した。どこからか激しい水音が聞こえてくる。

バイクから降りると、私は休む間もなく斜麓山と幻日漢の姿を探した。大きな月が木々を黒々と照らしている。奥まったところに白く輝いているのが、斜麓山の文章にあった滝だろう。

「輪斗山さん、あそこに……！」

芽阿利が指差したほうに目をやると、滝の中腹にある広い場所にふたりの男が相対しているのが見えた。どちらもまわしをつけている。私と芽阿利は滝をめぐる小道を登り、彼らに近づいた。月が真上からふたりの力士をスポットライトのように照らし、一対の仁王像のように浮かび上がらせた。もうすでに長時間戦ったとみえ、斜麓山も幻日漢も汗だくで、身体は真っ赤に染まり、あちこちに傷があった。はあはあと荒い息遣いが聞こえる。どちらもへとへとなのだろうが、気力だけで戦っているのだ。

我々が見ているとも知らず、両雄はふたたび激突した。がつっ、という鉄がぶつかったような硬い音が響いた。つぎの瞬間、斜麓山が右を差し、相手が出てくる力を利用して、幻日漢を前方に引きずるようにした。幻日漢はそれについていくことができず、とうとう地面に這《は》った。

(勝った……！　斜麓が勝った……！)

ついに決着がついたのだ。私は小躍りしたくなるような気持ちだった。

幻日漢を立たせてやろうと斜麓山が手を差し伸べたとき、その顔が歪《ゆが》んだ。幻日漢の手にはナイフのようなものが握られていた。斜麓山は腹から血を流している。

「うおおおおっ！」

幻日漢は野獣のように叫びながら、斜麓山の胸をかち上げて上体を起こし、すかさずもろ差しになった。斜麓山は激しく巻き替えそうとしたが幻日漢は放さず、そのまま無理矢理に寄っていく。普段の斜麓山なら組み止めただろうが、腹を刺されている。しかも、ここは土俵ではなく地面のうえだ。足が滑ったのか、斜麓山はどんどん押されていき、崖ぎりぎりのところでやっと止まった。すぐ後ろは滝壺《たきつぼ》だ。落ちたら間違いなく死んでしまうだろう。幻日漢はまだ押そうとする。斜麓山のかかとの下の土が崩れて滝壺へ落ちていく。私は叫んだ。

「やめろ！　斜麓を殺すつもりか！」

私の存在に気づいた幻日漢はにやりと笑い、

「負けたら相撲界から引退するという約束だったが、気が変わった。こいつは昔から気に食わなかったんだ。このまま人生から引退させてやる」

幻日漢が、ぐいと最後のひと押しをした瞬間、斜麓山が捨て身のうっちゃりをした。下手をすると墜落してしまうような場所で幻日漢と体を入れ替えたのだ。

「うぎゃあっ」

幻日漢は崖から滝壺へと落下した。しかし、斜麓山が彼の腕をつかんだ。幻日漢は崖からぶら下がった状態になった。

「た、た、た、助けてくれっ」

斜麓山が手を放したらおしまいなのだ。いくら斜麓山に力があっても、相手は百キロを超える相撲取りである。いつまでも持ちこたえられるとは思えない。しかも、斜麓山は怪我をしているのだ。一刻も早く手当てをしないと、出血多量で死んでしまう。だが、斜麓山は手を放そうとはしなかった。芽阿利が、

「バイクにロープを積んであります。それをバイクにつないで引っ張り上げましょう！」

「そ、そうだな」

私たちはバイクに向かって走ったが、正直間に合いそうにない。斜麓山の足もとが重みでどんどん崩れているのだ。私たちはバイクにロープを結びつけ、もう一方の端を持って斜麓山のほうに向かったが、

「輪斗山、来るんじゃない。ここは危険だ」

斜麓山が叫んだとき、鈍い音がして、足もとの土にみるみる亀裂《きれつ》が入った。

「逃げろ、斜麓！」

崖が大きく崩落した。

「あっ……！」

私の口から悲鳴が漏れた。斜麓山と幻日漢は滝壺に落ちていった……と見えたが、そうではなかった。咄嗟《とっさ》に斜麓山は仰向《あおむ》けに寝そべるような体勢になり、

「うおおおおおっ！」

叫びながら幻日漢の身体を振り子のように大きく振った。幻日漢の巨体が弧を描いて軽々と宙に舞い上がり、私たちのいるほうに吹っ飛んできた。腕をつかんだままの斜麓山も彼とともに空中を飛んだ。ふたりの相撲取りの身体は芽阿利のバイクに衝突した。大型バイクはめちゃくちゃに壊れてしまった。幻日漢は気を失って倒れている。

「斜麓……！」

私は泣きながら斜麓山に駆け寄った。

「だいじょうぶか。すぐに応急手当てをするよ」

「心配いらない。ぼくは不死身だからね」

　実際、出血はほぼ止まっていた。

「今回はさすがにたいへんだったよ。――この滝のことを『たいへんだったの滝』と呼んでもいいかな」

　私はかぶりを振り、

「ダメだ。M滝という名前がついている。それより、今の技はなんだい」

「ああ、バリツの技だ」

　斜麓山は立ち上がった。私がスマホを取り出し、

「警察と救急車を呼ぼう」

　と言うと、斜麓山はかぶりを振り、

「大事《おおごと》にはしたくないのだ」

「きみはこの期《ご》に及んで、まだこの男に情けをかけるのか。それに、バイクも潰《つぶ》れてしまった。気絶している幻日漢をどうやってここから下ろすんだ」

「こうするのさ」

　斜麓山は幻日漢を背負うとのっしのっしと歩き出した。

「そんなことをするから、リアリティがない、と言われるんだ」

私が言うと、

「わかっているよ」

そう言って斜麓山は笑った。

◇

結局、幻日漢は肩を脱臼《だっきゅう》して十四日目と千秋楽を欠場し、十二勝三敗の成績であった。斜麓山も腹部の怪我のせいで休場し、成績も同じく十二勝三敗だった。優勝は前頭筆頭の太鼓川《たいこがわ》で、これまた十二勝三敗だったが、斜麓山と幻日漢が休場のため決定戦ができず、不戦勝での優勝となった。

幻日漢は号泣して、

「俺が悪かった」

と斜麓山にそれまでのことを謝り、約束どおり相撲を辞めると言ったのだが、

「ぼくはそれを望んでいない」

という斜麓山の一言で相撲取りを続けることになった。斜麓山も幻日漢も来場所は関脇に昇進する可能性が大である。私は三勝四敗だった。斜麓山はあいかわ

らず稽古をさぼってミステリばかり読んでいるが、ときどきこっそり私にだけ稽古をつけてくれる。ありがたい。私もがんばらねば、と思っている。


以上は先年、私（輪斗山）が書いた斜麓山の探偵活動の記録の一部である。その後、斜麓山は大関になって数年のあいだ立派な成績を残し、横綱を狙える位置にあったが、電撃的に角界引退を発表して世間を驚かせた。引退の理由は、

「これでもう親方にも恩返しができたと思う」

というもので、銅煎部屋の後継者にしようと思っていた親方はがっくりしたようだが、

「おめえの決心がそこまで固《かて》えならしかたがねえ。やってみなよ」

と許してくれた。引退が発表されたとき、長年のライバルで同じく大関になった幻日漢は、

「俺がここまで来られたのは全部斜麓山のおかげなんだ……」

と男泣きに泣いていた。

斜麓山は両国の隅田川沿いの雑居ビルの三階に小さな事務所兼住居を構えた。そう、彼はとうとう念願の探偵になったのだ。私も、相撲取りをするかたわら手

伝っているが、依頼人も多く、なかなか忙しそうだ。

私は今、前頭二枚目まで出世した。今度、芽阿利と結婚することになっている。

最後に、この手記の内容について、でたらめだ、嘘八百だ、そんなことがあるわけがない……などの非難があることは私も知っている。だが、これらはすべて本当にあったことなのだ。私は一片のフィクションも交えていない。見たまま聞いたままを書いただけなのだ。どうか信じていただきたい。

あとがき

田中啓文

この本を読んで、

「こんな相撲界、あるわけないやないか！」

と怒っているひとはかなり多いのではないだろうか。

相撲は好きで長いあいだ見続けているが、この作品における相撲の世界は現実の相撲界とはまるっきり違う。さすがに私もそれぐらいのことはわかっている。これは、私の頭のなかにだけ存在する特殊な相撲界なのである。こんな相撲界あるわけない。え？　リアリティがない？　たしかにそのとおりである。しかし、考えてみたらそもそもリアリティなんかないのではないだろうか、相撲にも、そしてシャーロック・ホームズにも。

相撲というのは、江戸時代でもないのに頭に髷《まげ》を結い、裸体にまわし姿の、めちゃくちゃ太った男たちが、土を固めて造った試合場のうえでぶつかり合って勝敗を決める競技なのだ。何度も仕切りを繰り返し、なぜか塩を撒《ま》き散らしたり、土を踏み固める仕草をしたり、顔や身体を叩いたりして、なかなか試合を開始しない。これはもう、今日はやらんのかいな、と思って欠伸《あくび》のひとつも出たころになってやっと試合が始まったと思ったら1秒で終わったりする。そして、それを仕切るのは、頭に烏帽子《えぼし》をかぶり、直垂《ひたたれ》を着、軍配を手にして、脇差しを差した前時代的な人物である。しかも「はっけよい、のこったのこった」などと意味不明の言葉を大声で叫んだりする。これは日本の古い伝統を踏まえたものだそうだが、その割には上位力士は外国人が多いのだ。

一方、シャーロック・ホームズというのは、虫眼鏡を持ちパイプをくわえた天才的頭脳の持ち主で、天才的犯罪者の仕掛けた犯罪を見破ったり、国家の存亡にかかわる危機を救ったりしたあと、「初歩だよ、ワトソン」などとうそぶきながら、コカインやモルヒネを使ったりバイオリンを弾いたり化学の実験をしたりし、暇になると拳銃で壁にヴィクトリア女王のイニシャルを描いたりするおよそ「今時でない」人物である。たしかにホームズが活躍したころと今とでは時代がちがうが、おそらく当時においてもホームズはまわりから浮いていたと思われる。もし、ホームズが今生きていても、新宿の目抜き通りに「浮気調査、素行調査、ひと捜し、ストーカー対策なら信頼と実績のホームズ探偵事務所にお任せください。

業界一の低料金！」などという看板を掲げることはあるまい。

つまり、相撲もホームズもリアルさからほど遠いものであって、浮世離れしたそのふたつを組み合わせたらどうなるか……というのが本作なのである。だから、この本を読んで、リアリティがないと感じたあなたは大正解ということになる。

前作の『漫才刑事』は、担当編集者との打ち合わせのときになにげなく、

「昼は刑事、夜は漫才師、しかしてその実体は『漫才刑事』……というのはどうでしょう」

と言うと、

「それいいですね。それでいきましょう」

となんの中身もない状態で連載を始めたわけだが、今回も同じ編集者と打ち合わせしているときに、これまたふと思いつきで、

「『力士探偵シャーロック山』というのはどうでしょう」

と言ったところ、

「それいいですね。それでいきましょう」

とまるでデジャブのような答えが返ってきたのだ。かくして私は、タイトルだけが先行しているる小説をこうして書くことになったのである。

ところが第一話の冒頭を書き出して間もないときに、例の「巡業中横綱ビール瓶殴打事件」が起こったのである。そういうときに相撲界をからかったような小説を書くのはいかがなものか、と思い、担当にきいてみると、

「本になるころにはほとぼりが冷めてるでしょう。だいじょうぶ、だいじょうぶ」

と呑気《のんき》な返事だった。しかし、そうは問屋がおろさず、ほとぼりが冷めた……と思ったら、理事選挙問題、女性土俵問題、貴乃花の弟子の暴力事件、行司のセクハラ……などがつぎつぎに起こり、相撲界の話題がワイドショーから消えることはなかった。困ったことだが、これは私のせいではない。

かくしてここに一冊の小説が生まれたのである。相撲ファンの皆さん、ホームズファンの皆さんには寛容の精神で接してくださるようお願いする次第であります。

初　出

第一話　薄毛連盟　Webジェイ・ノベル二〇一八年二月六日・十三日配信
第二話　まだらのまわし　Webジェイ・ノベル二〇一八年五月二二日・二九日配信
第三話　バスターミナル池の犬　書き下ろし
第四話　最後の事件　書き下ろし

本作品はフィクションです。実在の個人・団体とは一切関係ありません。

実業之日本社文庫　最新刊

阿川大樹
終電の神様　始発のアフターファイブ
ベストセラー『終電の神様』待望の書き下ろし続編！終電が去り始発を待つ街に訪れる5つの奇跡を、温かな筆致で描くハートウォーミング・ストーリー。
あ132

鯨統一郎
戦国武将殺人紀行　歴女美人探偵アルキメデス
毛利元就、上杉謙信、伊達政宗ゆかりの地を旅行中の歴女三人組〈アルキ女デス〉がまたも事件に遭遇！「三本の矢」のごとく力合わせて難事件を解決!?
く15

こにし桂奈
おいしいお店の作り方　飲食店舗デザイナー羽田器子
新人デザイナーの羽田器子は、容姿端麗なスーパー上司・向崎と共に依頼人たちの「夢のお店」をプロデュースするが……!?　あったかお仕事キャラミス！
こ51

沢里裕二
極道刑事　東京ノワール
渋谷百軒店で関西極道の事務所が爆破された。カチコミをかけたのは関東舞闘会。奴らはただの極道ではなかった…。「処女刑事」著者の新シリーズ第二弾！
さ37

椙本孝思
読んではいけない殺人事件
人の心を読む「読心スマホ」の力を持った美島冬華。後輩のストーカー被害から、思わぬ殺人事件の「記憶」に辿りついてしまい――!?　傑作サイコミステリー！
す12

田中啓文
力士探偵シャーロック山
相撲界で屈指のミステリー好き力士・斜麓山の周辺でなぜかシャーロック・ホームズの名作ばりの事件が続発。はじめて本物の事件を解決しようと勇み足連発!?
た64

鳥羽亮
剣客旗本春秋譚　武士にあらず
両替屋に夜盗が押し入り、手代が斬られ、千両箱ふたつが奪われた。奴らは何者で、何が狙いなのか。市之介が必殺の剣・霞袈裟に挑む。人気シリーズ第二弾!!
と214

吉田恭教
凶眼の魔女
幽霊画の作者が謎の自殺。疑問を持った探偵の槇野康平は調査に乗り出すが、連続猟奇殺人事件に巻き込まれてしまう。恐怖の本格ミステリー！
よ61

実業之日本社文庫　好評既刊

田中啓文
こなもん屋うま子
たこ焼き、お好み焼き、うどん、ピザ……大阪のコテコテ&怪しいおかんが絶品「こなもん」でお悩み解決！　爆笑と涙の人情ミステリー！（解説・熊谷真菜）
た61

田中啓文
こなもん屋うま子　大阪グルメ総選挙
大阪を救うのは、たこ焼きか、串カツか。爆笑と陰謀が渦巻く市長選挙の行方は!?　大阪B級グルメミステリー、いきなり文庫！
た62

田中啓文
漫才刑事《デカ》
大阪府警の刑事・高山一郎のもうひとつの顔は腰元興行の漫才師・くるくるのケンだった――事件はお笑いの現場で起きている!?　爆笑警察&芸人ミステリー！
た63

天祢 涼
探偵ファミリーズ
このシェアハウスに集う「家族」は全員探偵!?　元・美少女子役のリオは格安家賃の見返りに大家の「レンタル家族」業を手伝うことに。衝撃本格ミステリ！
あ171

太田忠司
探偵・藤森涼子の事件簿
人気の「探偵藤森涼子の事件簿」シリーズ傑作選！　OLから探偵に転身、数々の事件を経て成長する涼子の軌跡を追うミステリー選集。（選、解説・大矢博子）
お21

実業之日本社文庫　好評既刊

知念実希人	西澤保彦	西澤保彦	七尾与史	西澤保彦	西澤保彦

知念実希人
リアルフェイス

天才美容外科医・柊貴之。金さえ積めばどんな要望にも応える彼の元に、奇妙な依頼が舞い込む。さらに整形美女連続殺人事件の謎が……。予測不能サスペンス。

ち13

七尾与史
歯科女探偵

スタッフ全員が女性のデンタルオフィスで働く美人歯科医＆衛生士が、日常の謎や殺人事件に挑む、現役医師が描く歯科医療ミステリー。〈解説・関根亨〉

な41

西澤保彦
腕貫探偵

いまどき"腕貫"着用の市役所職員が、舞い込む事件の謎を次々に解明する痛快ミステリー。安楽椅子探偵に新ヒーロー誕生！〈解説・間室道子〉

に21

西澤保彦
腕貫探偵、残業中

窓口で市民の悩みや事件を鮮やかに解明する謎の公務員は、オフタイムも事件に見舞われて……。大好評〈腕貫探偵〉シリーズ第2弾！〈解説・関口苑生〉

に22

西澤保彦
探偵が腕貫を外すとき 腕貫探偵、巡回中

神出鬼没な公務員探偵"腕貫さん"と女子大生・ユリエが怪事件を鮮やかに解決！　単行本未収録の一編を加えた大人気シリーズ最新刊！〈解説・千街晶之〉

に28

実業之日本社文庫 た64

力士探偵《りきしたんてい》シャーロック山《やま》

2018年10月15日　初版第1刷発行

著　者　田中啓文《たなかひろふみ》

発行者　岩野裕一
発行所　株式会社実業之日本社
〒107-0062　東京都港区南青山5-4-30
CoSTUME NATIONAL Aoyama Complex 2F
電話［編集］03(6809)0473［販売］03(6809)0495
ホームページ　http://www.j-n.co.jp/
ＤＴＰ　ラッシュ
印刷所　大日本印刷株式会社
製本所　大日本印刷株式会社

フォーマットデザイン　鈴木正道（Suzuki Design）

ISBN978-4-408-55442-6（第二文芸）